史铁生
等 ◇ 著

到明朗处
去生活

湖南文艺出版社　博集天卷
·长沙·

只 为 优 质 阅 读

好
读
Goodreads

再颠簸的生活，也要闪亮地过。

在这片田野里，一棵草可以放心地长到老而不必担心被人铲除。
一棵树也无须担忧自己长错位置，只要长出来，就会生长下去。

但是太阳——它每时每刻都是夕阳也都是旭日。
当它熄灭着走下山去收尽苍凉残照之际,
正是它在另一面燃烧着爬上山巅布散烈烈朝晖之时。

春天是树尖上的呼喊，夏天是呼喊中的细雨，
秋天是细雨中的土地，冬天是干净的土地上的一只孤零的烟斗。

我也眷恋那样的时刻。

宁静,轻松,心中饱满得欲要盛放,脚步轻盈得快要起飞。

那时的希望比平时的希望要隆重许多许多。

月光使山变得清幽，让水变得柔情，
流水裹挟着月光向前，让人觉得河面像根巨大的琴弦一样灿烂，
清风轻轻抚过，它就会发出悠扬的乐声。

鸟飞了,就像鸟上天了似的。虫子叫了,就像虫子在说话似的。一切都活了。都有无限的本领,要做什么,就做什么。要怎么样,就怎么样。都是自由的。

太阳很温暖,漫无边际地把金黄色的光洒遍村庄。
光线清澈,把我的房屋顶上的天空抬得很高。

目录

辑一　暮色中的炊烟

她虽然已是个老人，牙齿却格外地坚实，
嚼起蚕豆有声有色的，
非常轻松和惬意。

澡堂 / 李娟　　　　　　　　　003
暮色中的炊烟 / 迟子建　　　　009
散步 / 李娟　　　　　　　　　015
饺子帖 / 肖复兴　　　　　　　022
囚绿记 / 陆蠡　　　　　　　　030
小船上的信 / 沈从文　　　　　034

辑二　半个月亮爬上来

无数年来菜园子们都是这么度过它们的冬天，
可是此刻，我总是能发现它们的陌生。
而阳光是多么好。

哑巴与春天 / 迟子建	041
半个月亮爬上来 / 徐则臣	044
鲫鱼汤 / 肖复兴	048
合欢树 / 史铁生	052
祖父的园子 / 萧红	056
风吹一生 / 徐则臣	060

辑三　通往田野的小巷

那些毛驴，一步三个蹄印地走在千年乡道上，
驴车上的人悠悠然然，
再长的路，再要紧的事也是这种走法。

共同的家 / 刘亮程	069
南疆，一枚金色的书签 / 肖复兴	074
通往田野的小巷 / 刘亮程	078
内蒙风光（节选）/ 老舍	081
翡冷翠山居闲话 / 徐志摩	090
巩乃斯的马 / 周涛	094

辑四　梨花的瓣子是月亮做的

都说梨花像雪，其实苹果花才像雪。
雪是厚重的，不是透明的。
梨花像什么呢？——梨花的瓣子是月亮做的。

听雨 / 季羡林	105
阳光容器 / 周涛	110
葡萄月令 / 汪曾祺	114
栗和柿 / 施蛰存	121
夏天的瓶供 / 周瘦鹃	126
牵牛花 / 叶圣陶	130

辑五　那些鸟会认人

除了麻雀，有时房檐会落两只喜鹊，
树梢站一只猫头鹰，
还有声音清脆的黄雀时时飞来。

老猫 / 季羡林	135
告别白鸽 / 陈忠实	147
鲁鲁 / 宗璞	158
那些鸟会认人 / 刘亮程	175
沙坪小屋的鹅 / 丰子恺	179
珍珠鸟 / 冯骥才	185

辑六　走夜路请放声歌唱

亲爱的，
哪怕后来去到了城市，
走夜路时也要大声地唱歌。

光与影 / 迟子建　　　　　　191

冬夜记 / 李娟　　　　　　　196

故乡的食物 / 汪曾祺　　　　202

寒风吹彻 / 刘亮程　　　　　219

走夜路请放声歌唱 / 李娟　　227

我与地坛 / 史铁生　　　　　231

辑一

暮色中的炊烟

她虽然已是个老人，牙齿却格外地坚实，
嚼起蚕豆有声有色的，
非常轻松和惬意。

澡堂

——李娟

洗澡应该是一件快乐的事情。要不然怎么会有那么多人喜欢在澡堂子里放声歌唱呢？——开始只是一个人在哼，后来另一个人随着调子唱出声来。就这样，一个接一个地，最后就开始了大合唱。再后来，隔壁男澡堂里也开始热烈地回应。异样的欢乐氛围在哗哗流水中一鼓一鼓地颤动，颤动，颤动，幅度越来越大，周期越来越短……这样的欢乐竟不知该如何收场。哪怕已经结束了，事后也想不起是怎样结束的。

有的时候自始至终只有一个人在唱，而且自始至终只唱一首歌，还只唱那首歌中高潮部分的最后两句。不停地重复啊，重复啊，像是刀尖在玻璃上重复刮刻……幸好这"重复"顶多只有洗完一次澡的时间那么长。要是如此重复一整天的话，肯定会令听者产生幻觉的。而且幸好这是在澡堂子里。澡堂微妙的氛围似乎可以包容一切神经质的行为。

回音总是很大。水在身体外流，久了，便像是在身体内流。很热。水汽浓重……不知道唱歌的那人有着怎样一副爱美的身子……她反复哼唱的那两句歌词，始终分辨不清其内容，声调却尖锐明亮——尖锐明亮而难以分辨内容，真是一种奇妙的感触。

更多的时候是大家都在无意地、悠闲地哼着不成调的曲子。相互认识的人一边搓澡一边聊着无边无际的话题。这话题不停地分岔，越走越远，几乎自己都快要在自己的庞大复杂的分支迷宫中走失了。它们影影绰绰飘浮在澡堂中，忽浓忽淡。往排气扇方向集体移动，消失于外面干爽凉快的空气中。

歌声是次要的。唱歌的那人可能也并未意识到自己正在唱歌。身体一丝不挂，举止单纯，额外的想法暂停。灵巧的双手不停地揉搓澡巾，洗过的长发在头顶扎成团歪倒在前额上。肤色水淋淋的明亮，身形交错。男孩子们隔三岔五地尖叫，甩着小鸡鸡跑来跑去。女孩子们则为自己为什么没有小鸡鸡而深感诧异。

家庭主妇们拎着水桶和盆，扛着搓衣板，挨个调试水龙头。后来终于找到水流相对大一点的龙头，然后摆开阵式，埋首肥皂泡沫中，赤身裸体地奋力对付天大的一堆脏床单、窗帘、被罩。

年轻妈妈们还搬来了澡盆，澡盆里还漂着塑料玩具。妈妈们一边搓揉头发上的泡沫，一边厉声斥责孩子不要啃塑料鸭鸭，不要喝洗澡水。

还有人正在努力刷牙,满嘴泡沫,浑身抖动。也不知要刷到什么程度才算完。何止牙齿,可能连扁桃体也没有放过。

老板娘和顾客在外面吵架,听声音,几乎要动手了。

这边又开始了新一轮大合唱。

突然有小孩子惊天动地地大哭,四处喊着找妈妈。找到妈妈后,妈妈顺手抽他一个大耳光。

澡堂里总是热气腾腾、水汽缭绕。人多的时候,更是又闷又挤,有时得三个人共用一个龙头。人与人之间,最轻微的接触间有最黑暗的深渊。不时有陌生人挤过来主动提出要帮我搓背。被我谢绝后,她会立刻请求我帮她搓背。

龙头和龙头之间没有隔挡,洗澡的人面对面站着,看过来的视线中途涣散。水很大,一股一股地奔泻。澡堂中间的大池子水汪汪的,不时有小孩在里面摔倒的声音。但尖厉的哭声要酝酿三秒钟之后才能迸发出来。

外面的更衣室四壁和天花板悬满水珠,一滴一滴冰凉迟缓地落下。灯光静止、幽暗。正在穿衣服的人肢体洁白,面目模糊。却有人端着一大盘热气腾腾的炒菜汤饭,笔直地穿过更衣室,掏出钥匙,打开尽头的小门闪进去。等她再出来时,已经换了身衣服,拿着雨伞,挽着小包。她把门依旧锁上,穿过更衣室,消失在另外一扇门后。这个更衣室为什么有那么多的门?

有衰老的身体背对着我站着,身体濡湿,衬裙多处浸成了透明。她没有办法将身体擦干,因为她太胖了,手臂不能转到后面,不能抬得更高。她低声唤我:"孩子,孩子……"又说道:"拉一拉吧……"她是一个哈萨克族老人。我走过去,看到她的衬裙在背后拧成了一股绳。我伸手去拽,感觉到肌肤和衬裙间的巨大摩擦力。水很顽固。我帮着拽了好一会儿才将布料弄平展。然后我沉默着走开,她也没有道谢。她很老很老了。老人不应该一个人出来洗澡。更衣室里有不祥的预兆。

之前,我记得她关上水闸门后,站在微微滴水的水龙头下就开始穿衬裙。似乎不愿裸身经过旁边的年轻人。经过我时,伸手扶着我的胳膊,小心地走过水池边缘,然后再经过下一个人,再扶着那人慢慢地走过,接着又是下一个。沿途的水花一片一片地淋在她的衬裙上。她神情轻松。衬裙的蕾丝花边在腾腾的水汽中闪着光。

另有一个刚刚开始发育的女孩,水淋淋的皮肤光滑黝黑,身子颀长柔弱,每一处起伏,都是水波静止后唯一不肯停息的一道涟漪……鸟起飞之前瞬间的凝息。鸟羽干净,翅子微张……还有水晶中自然形成的云雾——透过这块水晶,看向蓝天,那云雾轻微地旋转。而最美的是位于那旋转正中央静止不动的、纤细的轴心。

她站在水中,水花四溅。我亲眼看到,那水花并不是触着她的身体才溅开去,而是触着了她所散发出来的光芒才溅开去。

在澡堂洗澡,我这平凡的身子,平凡的四肢,不久后将裹以重重的衣裳,平凡地走在黄昏之中。这平凡的生活,这平凡的平安。我不再年轻了,但远未曾老去。千万根头发正在生长,几处伤口正在愈合。患关节炎的双膝"嘎吱"微响,颈椎骨刺轻轻地抵着只能以想象感觉到的某处。疾病在身体深处安详地沉睡,呼吸均匀,而青春在一旁秉灯日夜守护。她想唤醒他,但忍了又忍,泪水长流……这些,都由我的身体小心裹藏着。我的身体正站在水龙头下的激流中。很多次发现澡堂里最后只剩下了我一人。空旷,寒冷。澡堂中央的大水池平静明亮。

我去洗澡,不知为何总是会忘记带一样东西。这样东西常常会是梳子。于是走出澡堂时,湿答答的头发总是胡乱纠结着的。

有两次忘了带毛巾,只好站在更衣室里慢慢晾干。

忘记带拖鞋的话,一进更衣室就会发现。然后匆忙回家取。等拎着拖鞋回来时,健忘的老板总会让我再付一次钱。

忘带香皂的时候,就用洗发水代替。忘带洗发水了,就用香皂洗头发。但是有好几次,香皂和洗发水同时忘带了。

后来,我就用一张纸条把需要带的所有东西一一记下来。等下一次出门时,对着纸条清点物品,这才万无一失地出门。可是,到了地方才发现还是忘带东西了，而且是最最重要的——钱，两块钱，洗一次澡的两块钱……

于是我又在纸条上把"钱"这一项加上。

可是等到再下一次时，出门之前却忘记了看纸条……

再再下一次，干脆连纸条都找不到了。

…………

去澡堂洗澡，带必备的用品——这是很简单的事情。我却总是做不好。当我侧着身子，又一次绕过水池走向我经常使用的一个龙头时，我便拼命想：这一次忘记了什么呢？这一次又是什么在意识中消失了呢？还有什么是我没法感觉到、没法触及的呢？我侧着身子，在拥挤的森林中行进，草丛深厚，灌木浓密，树木参天。我发现一只静静伏在布满翠绿色字母图案的蛛网上的、背部生有红色塑料纽扣般明亮的奇妙器官的六脚蜘蛛……我轻轻地扒开枝叶，俯身在那里，长久地看着。这时有人从我背后悄悄走开，永远走开……而在此之前，我已在这森林里独自穿行了千百年，没有出口，没有遇到任何人。

暮色中的炊烟

——迟子建

炊烟是房屋升起的云朵,是劈柴化成的幽魂。它们经过了火光的历练,又钻过了一段漆黑的烟道后,一旦从烟囱中脱颖而出,就带着股超凡脱俗的气质,宁静、纯洁、轻盈、缥缈。无云的天气中,它们就是空中的云朵;而有云的日子,它们就是云的长裙下飘逸着的流苏。

那时煤还没有被广泛作为燃料,家家户户的火炉吞吃的,自然就是劈柴了。劈柴来源于树木,它汲取了天地万物的精华,因而燃烧后落下的灰烬是细腻的,分解出的烟也是不含杂质的,白得透明。

如果你在晚霞满天的时候来到山顶,俯瞰山下的小镇,可以看到一动一静两个情景,它们恰到好处地组合成了一幅画面:静的是一幢连着一幢的房屋，动的则是袅袅上升的炊烟。房屋是冷色调的，炊烟则是暖色调的。这一冷一暖，将小镇宁静平和的生活气氛完美地烘托出来了。

女人们喜欢在晚饭后串门，她们去谁家串门前，要习惯地看一眼这家烟囱冒出的炊烟，如果它格外地浓郁，说明人家的晚饭正忙在高潮，饭菜还没有上桌呢，就要晚一些过去；而如果那炊烟细若游丝、若有若无，说明饭已经吃完了，你这时过去，人家才有空儿聊天。炊烟无形中充当了密探的角色。

一般来说，早晨的炊烟比较疏朗，正午的隐隐约约，而黄昏的炊烟最为浓郁。人们最重视的是晚饭。但这只是针对春夏秋三季而言的。到了冬天，由于天气寒冷，灶房的火炉几乎没有停火的时候，家家的炊烟在任何时刻看上去都是蓬勃的。这时候，我会觉得火炉就是这世上最大的烟鬼，它每时每刻都向外鼓着烟，它吞吃的那大量的劈柴，想必就是烟丝吧。

炊烟总是上升的，它的气息天空是最为熟悉的了。但也有的时候气压过于低，烟气下沉，炊烟徘徊在屋顶，我们就会嗅到它的气息。那是一种草木灰的气息，有点微微的涩，涩中又有一股苦香，很耐人寻味。这缕涩中杂糅着苦香的气息，常让我忆起一个与炊烟有关的老女人的命运。

在北极村的姥姥家居住的时候，我喜欢趴到东窗去望外面的风景。窗外是一片很大的菜园，种了很多的青菜和苞米。菜地的尽头，是一排歪歪斜斜的柞木栅栏，那里种着牵牛花。牵牛花开的时候，那面陈旧暗淡的栅栏就仿佛披挂了彩带，看上去喜气洋洋的。在木栅栏的另一侧，是另一户人家的菜地，她家种植了大片大片的向日葵。从东窗，还能看见她家的木刻楞房屋。

这座房屋的主人是个俄罗斯老太太，她是斯大林时代避难过来的，早已加入了中国国籍。北极村与她的祖国，只是一江之隔。所以每天我从东窗看见的山峦，都是俄罗斯的。她嫁了个中国农民，他是个马夫，生了两个儿子。她的丈夫死后，两个儿子相继结了婚，一个到外地去了，另一个仍留在北极村，不过不跟她住在一起。那个在北极村的儿子为她添了个孙子，叫秋生。秋生呆头呆脑的，他只知道像牛一样干活，见了人只是笑，不爱说话，就是偶尔跟人说话也说不连贯。秋生不像他的父母，他三天两头就来看望他的奶奶。秋生一来就是干活，挑着桶去水井，一担一担地挑水，把大缸小缸都盛满水；再抡起斧子劈柴火，将它们码到柴垛上；要不就是握着扫帚扫院子，将屋前屋后都打扫得干干净净的。所以我从东窗常能看见秋生的影子。除了他，老太太那里再没别人去了。

那时中苏关系比较紧张，苏联的巡逻机常常嗡嗡叫着低空盘旋，我方的巡逻艇也常在黑龙江上徘徊。不过两国的百姓却是友好的，我们到江边洗衣服或是捕鱼，如果看见界河那侧的江面上有小船驶过，而那船头又站着人的话，他们就会和我们招手，我们也会和他们招手。我那时最犯糊涂的一件事就是：为什么喝着同一江的水，享受着相同的空气，烧着同样的劈柴，他们说的却是另外一种我们听不懂的语言，而且长得也和我们不一样，鼻子那么大，头发那么黄，眼睛又那么蓝？

那时村中的人很忌讳和她来往，因为一不留神，就会因此而被戴上一顶"苏修特务"的帽子。她似乎也不喜欢与村中的人交往，从不离开院子，只待在家里和菜园中。我到玉米地里时，隔着栅栏，常能看见她在菜园劳作的身影。她个子很高，虽然年纪大了，但一点也不驼背。她喜欢穿一条黑色的曳地长裙，戴一条古铜色三角巾。她脸上的皮肤非常白皙，眼窝深深凹陷，那双碧蓝的眼睛看人时非常清澈。我姥姥不喜欢我和她说话，但有两次隔着栅栏她吆喝我去她家玩，我就跃过栅栏，跟着她去了。我至今记得她的居室非常整洁，北墙上悬挂着一个座钟，座钟下面是一张紫檀色长条桌，桌上喜欢摆着两只碟子，一只装着蚕豆，一只装着葵花子，此外还有一个茶壶、一个茶盅和一副扑克牌。这桌子上的东西展现了她家居生活的情态：喝茶，吃蚕豆，嗑瓜子，摆扑克牌。她的汉语说得有些生硬，好像她咬着舌头在说话。她把我领到家后，喜欢把我抱起，放在一把椅子上。我端端正正地坐着的时候，她就为我抓吃的去了。蚕豆、瓜子是我最常吃的，有的时候也会有一块糖。我自幼满口虫牙，硬东西不敢碰，而她虽然已是个老人，牙齿却格外地坚实，嚼起蚕豆有声有色的，非常轻松和惬意。与她熟了后，她就教我跳舞，她喜欢站在屋子中央，扬起胳膊，口中哼唱着什么，原地旋转着。她旋转的时候那条黑色的裙子就鼓胀起来了，有如一朵盛开的牵牛花。她外表的冷漠和沉静，与她内心的热情奔放形成了鲜明的对比。北极村的很多老太太都缠过足，走路扭扭摆摆的，且都是小碎步；而她却是个大脚片子，她走起路来又稳又快，我那时把她爱跳舞归结为她拥有一双自由的脚，并不知道一双脚的灵魂其实是在心上。

那些不上她家串门的邻居，其实对她也是关心的。他们从两个途径关心着她，一个是秋生，一个就是炊烟了。人们见了秋生会问他："秋生，你奶奶身体好吗？"秋生嘿嘿地笑，人们就知道她是硬朗的。而我姥姥更喜欢从她家的烟囱观察她的生活状况，那炊烟总是按时按响地从屋顶升起，说明她生活得有滋有味的，很有规律。大家也就很放心。

冬天到来的时候，园田就被白雪覆盖了。天冷，我就很少到老太太家去玩了，玻璃窗上总是蒙着霜花，一派朦胧，所以也很少透过东窗去看那座木刻楞房屋了。她家的炊烟几时升起，又几时落下，我们也就不知晓了。

老太太在冬季时静悄悄地死了，她是孤独地离开这个冰雪世界的。那几天秋生没过来，人们是通过她家的烟囱感觉她出了事的。住在她家后一趟房的人家，每天早晚抱柴生火时，总要习惯地看一眼她的烟囱，结果她连续两天都没有发现那烟囱冒出一缕炊烟，知道老太太大事不好了，于是喊来她的家人，进屋一看，老太太果然已经僵直在炕上了。

从那以后,我再也没有在暮色苍茫的时分看到过那幢房屋飘出炊烟,尽管村子里其他房屋的炊烟仍然妖娆地升起,但我总觉得最美的一缕已经消逝了。

散步

——李娟

有一天我妈从葵花地里回来,反复向我夸赞今天遇到的一只猫。"它寸步不离地跟着人走。人到哪儿,它也到哪儿。我都见过它好几次了,每次都是这样。"

我说:"这有什么稀奇的。"

她问:"那你见过整天跟着人到处跑的猫吗?"

我细细一想,啧,还真没见过。

我见过的猫统统特立独行,只有人跟着它们跑的份,哪儿能忍受给人类当走狗——噢不,走猫。

我见过的猫,除非生命遭到威胁——比如天气极寒,或受伤,或饥饿,或缺少产崽的适当环境——那时,它们才谄媚于人,一见到人就跟着走,渴望救助。

可眼下这只猫，显然不属上述任一情形。

我后来也见了它一次，果然稀奇。

那家人也是种葵花的，承包的是我家隔壁那块土地。人口蛮多的，每天上工下工，都会经过西边的水渠。那只猫俨然也以劳动者的姿态行走于其中。昂首阔步，理直气壮，好像它这一天干的活不比别人少。

我妈和我商量："假如我向那家人讨要这只猫，你觉得他们会不会给？"

我说："只听说要猫崽的。人家都养这么大了，你好意思开口吗？"

她想了想，说："那我就去借猫，我对他们说家里有老鼠，借来养几天。然后我就拼命喂它好吃的，说不定它就不想回去了……到时候，我们就赖着不还。"

她又说："他们是外地人，他家葵花又比我家打得早，说不定过几天就撤了。这一忙起来，哪儿还能顾得上猫的事。"

我忍不住问："那猫有那么好吗？"

她说："特好。它一直跟着人走。"

到了第二天，她果真就找到那家人，期期艾艾开了口。

结果出人意料。对方直接把猫送给她了。

她惊喜又不敢相信。"这么好的猫，你们为啥不要了？"

对方回答："不是我们的猫。"又烦恼地说："不知为啥，它非要跟着我们走，甩都甩不掉。"

我妈抄起猫就跑。

回到家，搂着猫喜滋滋地亲了又亲，对它说："好啦，从今天开始，你就是我家的猫了！"

这只猫估计有恋人癖。它不但是个跟屁猫，日常生活中对我妈和我百依百顺，整天像只死猫一样拉直了任摸任撸，也不挑食，还能逮老鼠。简直就是一只经济适用猫。

但是，第二天就暴露了本性。

它把我家大狗丑丑咬得两天不敢回家……

那一幕情景我若非亲眼所见，简直不敢相信！

丑丑何其凶狠啊！而且是阿勒泰牧羊犬品种，体态巨大，跟条小牛犊似的，追咬羚羊的时候跟玩一样，偷别人家鞋子的时候更是方圆十里没人逮得住。

可面对跟屁猫，尿得跟耗子似的。

丑丑和跟屁猫初次见面，对峙了不到一秒钟，跟屁猫"哇呜"一声冲上去就咬！

丑丑傻眼了，它没有正式进入谈判程序呢。就算进入了谈判程序，往下总还有宣战程序吧？可这只猫啥程序也不讲，啥解释也不听。于是丑丑还没反应过来就被咬住了命门——喉咙。

跟屁猫的进攻不但精准，而且狠辣，咬住后绝不松口，四只爪子紧紧抓住狗毛不放。丑丑鬼哭狼嚎，上蹿下跳。好容易才把猫甩掉，猫落地的一瞬间立刻又反扑回去，扑上去接着咬。一口，一口，再一口。毫不犹豫，毫不留情，还伴以震慑性超强的怒吼。

这哪里是中华田园猫？这分明是中华田园虎！

我和我妈看得目瞪口呆，一时半会儿竟然忘了上前营救。

而丑丑这家伙，前失先机，后丧胆魄，只顾着吱哇乱叫，颜面尽失。

我和我妈好容易回过神，一齐冲上去，拼命拉扯，才将它从猫口救下来。这家伙也顾不上道谢，夹着尾巴掉头就跑。

跟屁猫首战告捷，第三天又趁热打铁，把路过我家蒙古包的一头牛咬了。

那真的是一头牛啊……体态比猫大几百倍啊……

跟屁猫的战术仍然没有变化。仍是狭路相逢，一个眼神不对，冲上去就咬。

我看其他猫袭敌之前，先伏身相峙，再呜呜警告，再甩无数眼镖。然后耸肩龇牙，拉开架势斗狠示威十来个回合，最后实在谈判无效了才正式拉开实战。可这一位，毫无章法可言，完全无视江湖规矩与日内瓦公约。

狗被猫咬成了耗子，牛则快被咬成了狗。它惊得仰天长嘶，发出了时代最强音。好容易才甩掉猫，尥着蹶子一溜烟就跑得没影儿了。

经过这两战，跟屁猫奠定了不可动摇的江湖地位。我和我妈再想胡噜猫毛的时候，忍不住手下一顿，千思万想，心潮起伏。

后来我们很长一段时间都担心它会不会欺负小狗赛虎和我家的鸡。结果人家才不屑于此呢，人家一看就知道这两者不是一个重量级的。

对了，说的是散步。

我家葵花地里的最后一轮劳动也结束了，在等待葵花被收购的日子里，每天晚餐之后，我们全家人一起出去散步。

真的是全家人——跟屁猫也去，赛虎也去，一只胆大的兔子也非要跟去。

丑丑最爱凑热闹，它绝不会落下此类集体活动。但它怕猫，只好远远跟着。

此外，未入圈的鸡也会跟上来。天色越来越晚，鸡是夜盲眼，渐渐无法前进了，唤半天才挪几步。我妈便弯腰抱起它，继续往前走。

我妈不时说："要不要把鸭子带上？你猜鸭子会不会跟不上来？"不等我回答，她又得意地说："我家啥都有，我家啥都乖！"

我们这一队人马呼呼啦啦走在圆月之下，长风之中。我妈无比快乐，像是马戏团老板带着全体演职员工巡城做宣传，又像带散客团的导游，恨不能扛着喇叭大喊："游客朋友们，游客朋友们，大家抓紧时间拍照，抓紧时间拍照！"

我也眷恋那样的时刻。宁静，轻松，心中饱满得欲要盛放，脚步轻盈得快要起飞。那时的希望比平时的希望要隆重许多许多。

我妈走着走着，突然问我："听说你们城里有卖那种隆胸霜的？"

"隆胸霜？"

"是啊，就是往奶上一抹就变大了的药。"

我瞟一眼她的胸部，问："你要那个干吗？"

她得意地说："我告诉你啊，这可是我想出来的好办法！用那种霜往我们家狗耳朵上一抹，耳朵不就支棱起来了吗？该多神气！"

我一看，果然，我们家大小两条狗，统统耷拉着耳朵，看上去是挺蔫巴的。

"连个猫都打不过，还好意思支棱耳朵……"

我妈整天操不完的心，狗的耳朵立不起来她也管。公鸡踩母鸡，踩得狠了点，她也要干预。猫在外面和野猫打架，她也要操起棍子冲上去助战。每天累得够呛，满脸"队伍不好带"的痛心样。

直到这会儿，她才感到事事舒心。在静谧的夜色中，领着全家老小晃荡在空旷的河边土路上，又像一支逃难队伍在漫长旅途中获得了短暂而奢侈的安宁。

我做了个梦，梦见我们仍在月光下散步，这回都到齐了。鸭子也一摇一摆跟在后面。我家新收的葵花子装麻袋垒成了垛，高高码在拖车上，也慢慢跟着前行。突然又想起还有外婆，梦里我不知道她已经死去了，我四处寻找，然后就醒来了。

饺子帖

——肖复兴

一

又要过年了。又想起饺子。饺子，是过年的标配，是过年的主角，是过年的定海神针。不吃饺子，不算是过年。

五十三年前，我在北大荒，第一次在异乡过年，很想家。刚到那里不久，怎么能请下假来回北京？那时候，我在北大荒，弟弟在青海，姐姐在内蒙古，家里只剩下父母这两个孤苦伶仃的老人。天远地远，心里不得劲儿，又万般无奈。

没有想到，就在这一年年三十的黄昏，我的三个中学同学，一个拿着面粉，一个拿着肉馅，一个拿着韭菜（要知道，那时候粮食定量，买肉要肉票，春节前的韭菜金贵得很呀），来到我家。他们和我的父母一起，包了一顿饺子。

面飞花，馅喷香，盖帘上码好的一圈圈饺子，围成一个漂亮的花环；下进滚沸的锅里，像一条条游动的小银鱼；蒸腾的热气，把我家小屋托浮起来，幻化成一幅别样的年画一般，定格在那个难忘的岁月里。

这大概是父亲和母亲一辈子过年吃的一顿最滋味别具的饺子了。

二

那一年的年三十，一场纷飞的大雪，把我困在北大荒的建三江。当时，我被抽调到兵团的六师师部宣传队，本想年三十下午赶回我所在的大兴岛二连，不耽误吃晚上的饺子就行。没有想到，大雪封门，刮起了漫天大烟泡，汽车的水箱都冻成冰坨了。

师部的食堂关了张，大师傅们早早回家过年了，连商店和小卖部都已经关门，别说年夜饭没有了，就是想买个罐头都不行，只好饿肚子了。

大烟泡从年三十刮到年初一早晨，我一宿没有睡好觉，早早就冻醒了，偎在被窝里不肯起来，睁着眼或闭着眼，胡思乱想。

大约九十点钟，我忽然听到咚咚的敲门声，然后是大声呼叫我名字的声音。由于大烟泡刮得很凶,那声音被撕成了碎片,断断续续,像是在梦中,不那么真实。我非常奇怪,会是谁呢?这大雪天的!

满怀狐疑,我披上棉大衣,跑到门口,掀开厚厚的棉门帘,打开了门。吓了我一跳,站在门口的人,浑身厚厚的雪,简直就是个雪人。我根本没有认出他来,等他走进屋来,摘下大狗皮帽子,抖落下一身的雪,才看清,是我们大兴岛二连的木匠赵温。天呀,他是怎么来的?这么冷的天,这么大的雪,莫非他是从天而降不成?

我肯定是瞪大了一双惊奇的眼睛,瞪得他笑了,对我说:"赶紧拿个盆来!"我这才发现,他带来了一个大饭盒,打开一看,是饺子,个个冻成了邦邦硬的坨坨。他笑着说道:"过七星河的时候,雪滑,跌了一跤,饺子撒了,捡了半天,饺子还是少了好多,都掉进雪坑里了。凑合着吃吧!"

我立刻愣在那儿,望着一堆饺子,半天没说出话来。我知道,他是见我年三十没有回队,专门给我送饺子来的。如果是平时,这也许算不上什么,可这是什么天气呀!他得多早就要起身,没有车,三十里的路,他得一步步地跋涉在没膝深的雪窝里,走过冰滑雪深的七星河呀。

我永远记得,那一天,我和赵温用那个盆底有朵大大的牡丹花的洗脸盆煮的饺子。饺子煮熟了,漂在滚沸的水面上,被盛开的牡丹花托起。

忘不了，是酸菜馅的饺子。

三

齐如山先生当年说，他曾经吃过一百多种馅的饺子。我没吃过那么多种馅的饺子。我也不知道，全国各地的饺子馅，到底有多少种。不过，我觉得馅对于饺子并不重要。饺子过年，其中的馅，可以丰俭由人，从未有过高低贵贱之分。过去，皇上过年吃饺子，底下人必要在馅中包上一枚金钱，而且，金钱上必要镌刻上"天子万年""万寿无疆"之类过年的吉祥话，讨皇上欢喜。穷人过年，怎么也得吃上一顿饺子，哪怕是野菜馅的呢。

曾听叫派小生毕高修先生告诉我这样一桩往事：他和京剧名宿侯喜瑞先生同在落难之中，结为忘年交。大年初一，客居北京城南，四壁徒空，凄风冷灶，两人只好床上棉被相拥，惨淡谈笑过残年。忽然，看到墙角里有几根冻僵了的胡萝卜，两人忙下地，拾起胡萝卜，剁巴剁巴，好歹包了顿冻胡萝卜馅的饺子，也得过年啊。

馅，可以让饺子分成价值的高低，但作为饺子这一整体形象，却是过年时不分贵贱的最为民主化的象征。

四

很多年前，我写过一篇散文《花边饺》，后来被选入小学生的语文课本。写的是小时候过年，母亲总要包荤素这两种馅的饺子。她把肉馅的饺子都捏上花边，让我和弟弟觉得好看，连吃带玩地吞进肚里，自己和父亲则吃素馅的饺子。那是艰苦岁月的往事。

长大以后，总会想起母亲包的花边饺。大年初二，是母亲的生日。那一年，我包了一个糖馅的饺子，放进盖帘一圈圈饺子之中，然后对母亲说："今儿您要吃着这个糖馅的饺子，您一准儿是大吉大利！"

母亲连连摇头笑着说："这么一大堆饺子，我哪儿那么巧能有福气吃到？"说着，她亲自把饺子下进锅里。饺子像活了的小精灵，在滚动的水花中上下翻腾。望着母亲昏花的老眼，我看出来，她是想吃到那个糖饺子呢！

热腾腾的饺子盛上盘，端上桌，我往母亲的碟中先拨上三个饺子。第二个饺子，母亲就咬着了糖馅，惊喜地叫了起来："哟！我真的吃到了！"我说："要不怎么说您有福气呢？"母亲的眼睛笑得眯成了一条缝。

其实，母亲的眼睛，实在是太昏花了。她不知道我耍了一个小小的花招，用糖馅包了一个有记号的花边饺。

第二年的夏天，母亲去世了。

五

在北大荒，有个朋友叫再生，人长得膀大腰圆，干起活来，是二齿钩挠痒痒——一把硬手。回北京待业那阵子，他一身武功无处可施，常到我家来聊天，一聊到半夜，打发寂寞时光。

那时候，生活拮据，招待他最好的饭食，就是饺子。一听说包饺子，他就来了情绪，说他包饺子最拿手。在北大荒，没有擀面杖，他用啤酒瓶子，都能把皮擀得又圆又薄。

在我家包饺子，我最省心，和面、拌馅、擀皮，都是他一个人招呼，我只是搭把手，帮助包几个，意思意思。

他一边擀皮，一边唱歌，每一次唱的歌都一样：《嘎达梅林》。不知道为什么，他对这首歌情有独钟。一边唱，他还要不时腾出一只手，伸出来，随着歌声，娇柔地做个兰花指状，这与他粗犷的腰身反差极大，和《嘎达梅林》这首英雄气魄的歌反差也极大。

每次来我家包饺子的时候，他都会问我："今儿包什么馅的呀？"

我都开玩笑地对他说："包'嘎达梅林'馅的！"

他听了哈哈大笑，冲我说："拿我打镲！"

擀皮的时候，他照样不忘唱他的《嘎达梅林》，照样不忘伸出他的兰花指。

四十多年过去了。如今，再生的日子过得很滋润，儿子北大西语系毕业，很有出息，特别孝顺，还能挣钱，每月光给他零花钱，出手就是五千，让他别舍不得，可劲儿地花，对自己得好点。他很少来我家了，见面总要请我到饭店吃饭，再也吃不到他包的"嘎达梅林"馅的饺子了。

六

孩子在美国读博，毕业后又在那里工作，前些年我常去美国探亲，一连几个春节，都是在那里过的。过年的饺子，更显得是必不可少，增添了更多的乡愁。余光中说：乡愁是一枚邮票。在过年的那一刻，乡愁就是一顿饺子，比邮票更看得见，摸得着，还吃得进暖暖的心里。

那是一个叫作布鲁明顿的大学城，很小的一个地方，全城只有六万多人口，一半是大学里的学生和老师。全城只有一个中国超市，也只有在那里可以买到五花肉、大白菜和韭菜，这是包饺子必备的老三样。为备好这老三样，提早好多天，我便和孩子一起来到超市。

超市的老板是山东人，老板娘是台湾人，因为常去那里买东西，彼此已经熟悉。老板见我进门先直奔大白菜和韭菜而去，笑吟吟地对我说:"过年包饺子吧?"我说:"对呀!您的大白菜和韭菜得多备些啊!"他依旧笑吟吟地说:"放心吧,备着呢!"

那一天,小小的超市里挤满了人,大多是中国人,来买五花肉、大白菜和韭菜的。尽管大家素不相识,但望着各自小推车中的这老三样,彼此心照不宣,他乡遇故知一般,都像老板一样会心地笑着。

二〇二二年春节前于北京

囚绿记

——陆蠡

这是去年夏间的事情。

我住在北平的一家公寓里。我占据着高广不过一丈的小房间,砖铺的潮湿的地面,纸糊的墙壁和天花板,两扇木格子嵌玻璃的窗,窗上有很灵巧的纸卷帘,这在南方是少见的。

窗是朝东的。北方的夏季天亮得快,早晨五点钟左右太阳便照进我的小屋,把可畏的光线射个满室,直到中午十一点半才退出,令人感到炎热,这公寓里还有几间空房子,我原有选择的自由的,但我终于选定了这朝东房间,我怀着喜悦而满足的心情占有它,那是有一个小小理由的。

这房间靠南的墙壁上,有一个小圆窗,直径一尺左右。窗是圆的,却嵌着一块六角形的玻璃,并且左下角被打碎了,留下一个大孔隙,手可以随意伸进伸出。圆窗外面长着常春藤。当太阳照过它繁密的枝叶,透到我房里来的时候,便有一片绿影。我便是欢喜这片绿影才选定这房间的。当公寓里的伙计替我提了随身小提箱,领我到这房间来的时候,我瞥见这绿影,感觉到一种喜悦,便毫不犹豫地决定下来,这样了截爽直使公寓里的伙计都惊奇了。

绿色是多宝贵的啊!它是生命,它是希望,它是慰安,它是快乐。我怀念着绿色把我的心等焦了。我欢喜看水白,我欢喜看草绿。我疲累于灰暗的都市的天空和黄漠的平原,我怀念着绿色,如同涸辙的鱼盼等着雨水!我急不暇择的心情即使一枝之绿也视同至宝。当我在这小房中安顿下来时,我移徙小台子到圆窗下,让我面朝墙壁和小窗。门虽是常开着,可没人来打扰我,因为在这古城中我是孤独而陌生的。但我并不感到孤独。我忘记了困倦的旅程和以往的许多不快的记忆。我望着这小圆洞,绿叶和我对语。我了解自然无声的语言,正如它了解我的语言一样。

我快活地坐在我的窗前。度过了一个月,两个月,我留恋于这片绿色。我开始了解渡越沙漠者望见绿洲的欢喜,我开始了解航海的冒险家望见海面漂来花草的茎叶的欢喜。人是在自然中生长的,绿是自然的颜色。

我天天望着窗口常春藤的生长。看它怎样伸开柔软的卷须,攀住一根缘引它的绳索,或一茎枯枝;看它怎样舒开折叠着的嫩叶,渐渐变青,渐渐变老,我细细观赏它纤细的脉络,嫩芽,我以揠苗助长的心情，巴不得它长得快，长得茂绿。下雨的时候，我爱它淅沥的声音，婆娑的摆舞。

忽然有一种自私的念头触动了我。我从破碎的窗口伸出手去，把两枝浆液丰富的柔条牵进我的屋子里来，叫它伸长到我的书案上，让绿色和我更接近，更亲密。我拿绿色来装饰我这简陋的房间，装饰我过于抑郁的心情。我要借绿色来比喻葱茏的爱和幸福，我要借绿色来比喻猗郁的年华。我囚住这绿色如同幽囚一只小鸟，要它为我作无声的歌唱。

绿的枝条悬垂在我的案前了，它依旧伸长，依旧攀缘，依旧舒放，并且比在外边长得更快。我好像发现了一种"生的欢喜"，超过了任何种的喜悦。从前我有个时候，住在乡间的一所草屋里，地面是新铺的泥土，未除净的草根在我的床下茁出嫩绿的芽苗，蕈菌在地角上生长，我不忍加以剪除。后来一个友人一边说一边笑，替我拔去这些野草，我心里还引为可惜，倒怪他多事似的。

可是每天在早晨，我起来观看这被幽囚的"绿友"时，它的尖端总朝着窗外的方向。甚至于一枚细叶，一茎卷须，都朝原来的方向。植物是多固执啊！它不了解我对它的爱抚，我对它的善意。我为了这永远向着阳光生长的植物不快，因为它损害了我的自尊心。可是我囚系住它，仍旧让柔弱的枝叶垂在我的案前。

它渐渐失去了青苍的颜色，变成柔绿，变成嫩黄，枝条变成细瘦，变成娇弱，好像病了的孩子。我渐渐不能原谅我自己的过失，把天空底下的植物移锁到暗黑的室内；我渐渐为这病损的枝叶可怜，虽则我恼怒它的固执，无亲热，我仍旧不放走它。魔念在我心中生长了。

我原是打算七月尾就回南去的。我计算着我的归期，计算这"绿囚"出牢的日子。在我离开的时候，便是它恢复自由的时候。

卢沟桥事件发生了。担心我的朋友电催我赶速南归。我不得不变更我的计划，在七月中旬，不能再流连于烽烟四逼中的旧都，火车已经断了数天，我每日须得留心开车的消息。终于在一天早晨候到了。临行时我珍重地开释了这永不屈服于黑暗的囚人。我把瘦黄的枝叶放在原来的位置上，向它致诚意的祝福，愿它繁茂苍绿。

离开北平一年了。我怀念着我的圆窗和绿友。有一天，得重和它们见面的时候，会和我面生吗？

一九三八年秋

小船上的信

———沈从文

船在慢慢地上滩,我背船坐在被盖里,用自来水笔来给你写封长信。这样坐下写信并不吃力,你放心。这时已经三点钟,还可以走两个钟头。应停泊在什么地方,照俗谚说,"行船莫算,打架莫看",我不过问。大约可再走廿里,应歇下时,船就泊到小村边去,可保平安无事。船泊定后我必可上岸去画张画。你不知见到了我常德长堤那张画不?那张窄的长的。这里小河两岸全是如此美丽动人,我画得出它的轮廓,但声音、颜色、光,可永远无本领画出了。你实在应来这小河里看看,你看过一次,所得的也许比我还多,就因为你梦里也不会想到的光景,一到这船上,便无不朗然入目了。这种时节两边岸上还是绿树青山,水则透明如无物,小船由两个人拉着,便在这种清水里向上滑行,水底全是各色各样的石子。舵手抿起个嘴唇微笑,我问他:"姓什么?""姓刘。""在这条河里划了几年船?""我今年五十三,十六岁就划船。"来,三三,请你为我算算这个数目。这人厉害得很,四百里的河道,涨水干涸河道的变迁,他无不明明白白。他知道这河里有多少滩、多少潭。看那样子,若许我来形容形容,他还可以说知道这河中有多少石头!是的,凡是较大的、知名的石头,他无一不知!水手一共是三个,除了舵手在后面管舵管篷管纤索的伸缩,前面舱板有两个人。其中一个是小孩子,一个是大人。两个人的职务是船在滩上时,就撑急水篙,左边右边下篙,把钢钻打得水中石头作出好听的声音。到长潭时则荡桨,躬起个腰推扳长桨,把水弄得"哗哗"的,声音也很幽静温柔;到急水滩时,则两人背了纤索,把船拉去,水急了些,吃力时就伏在石滩上,手足并用地爬行上去。船是只新船,油得黄黄的,干净得可以作为教堂的神龛。我卧的地方较低一些,可听得出水在船底流过的细碎声音。前舱用板隔断,故我可以不被风吹。我坐的是后面,凡为船后的天、地、水,我全可以看到。我就这样一面看水一面想你。我快乐,就想应当同你快乐,我闷,就想要你在我必可以不闷。我同船老板吃饭,我盼望你也在一角吃饭。我至少还得在船上过七个日子,还不把下行的计算在内。你说,这七个日子我怎么办?天气又不很好,并无太阳,天是灰灰的,一切较远的边岸小山同树木,皆裹在一层轻雾里,我又不能照相,也不宜画画。看看船走动时的情形,我还可以在上面写文章,感谢天,我的文章既然提到的是水上的事，在船上实在太方便了。倘若写文章得选择一个地方，我如今所在的地方是太好了一点的。不过我离得你那么远，文章如何写得下去？"我不能写文章，就写信。"我这么打算，我一定做到。我每天可以写四张，若写完四张事情还不说完，我再写。这只手既然离开了你，也只有那么来折磨它了。

我来再说点船上事情吧。船现在正在上滩，有白浪在船旁奔驰，我不怕，船上除了寂寞，别的是无可怕的。我只怕寂寞。但这也正可训练一下我自己。我知道对我这人不宜太好，到你身边，我有时真会使你皱眉。我疏忽了你，使我疏忽的原因便只是你待我太好，纵容了我。但你一生气，我即刻就不同了。现在则用一件人事把两人分开，用别离来训练我，我明白你如何在支配我管领我！为了只想同你说话，我便钻进被盖中去，闭着眼睛。你瞧，这小船多好！你听，水声多优雅！你听，船那么轧轧地响着，它在说话！它说："两个人尽管说笑，不必担心那掌舵人。他的职务在看水，他忙着。"船真轧轧地响着。可是我如今同谁去说？我不高兴！

梦里来赶我吧，我的船是黄的，船主名字叫作"童松柏"，桃源县人。尽管从梦里赶来，沿了我所画的小堤一直向西走，沿河的船虽万万千千，我的船你自然会认识的。这地方狗并不咬人，不必在梦里为狗吓醒！

你们为我预备的铺盖，下面太薄了点，上面太硬了点，故我很不暖和，在旅馆已嫌不够，到了船上可更糟了。盖的那床被大而不暖,不知为什么独选着它陪我旅行。我在常德买了一斤腊肝、半斤腊肉,在船上吃饭很合适……莫说吃的吧,因为摇船歌又在我耳边响着了,多美丽的声音!

我们的船在煮饭了,烟味不讨人嫌。

我们吃的饭是粗米饭,很香很好吃。可惜我们忘了带点豆腐乳,忘了带点北京酱菜。想不到的是路上那么方便,早知道那么方便,我们还可带许多北京宝贝来上面,当"真宝贝"去送人!

你这时节应当在桌边做事的。

山水美得很,我想你一同来坐在舱里,从窗口望那点紫色的小山。我想让一个木筏使你惊讶,因为那木筏上面还种菜!我想要你来使我的手暖和一些……

一九三四年一月十三日下午五时

辑二

半个月亮爬上来

无数年来菜园子们都是这么度过它们的冬天,
可是此刻,我总是能发现它们的陌生。
而阳光是多么好。

哑巴与春天

——迟子建

最惧怕春风的，莫过于积雪了。

春风像一把巨大的笤帚，悠然扫着大地的积雪。它一天天地扫下去，积雪就变薄了。这时云雀来了，阳光的触角也变得柔软了，冰河激情地迸裂，流水之声悠然重现，嫩绿的草芽顶破向阳山坡的腐殖土，达子香花如朝霞一般，东一簇西一簇地点染着山林，春天有声有色地来了。

我的童年春光记忆，是与一个老哑巴联系在一起的。

在一个偏僻而又冷寂的小镇，一个有缺陷的生命，他的名字就像秋日蝴蝶的羽翼一样脆弱，渐渐地被风和寒冷给摧折了。没人记得他的本名，大家都叫他老哑巴。他有四五十岁的样子，出奇地黑，出奇地瘦，脖子长长的，那上面裸露的青筋常让我联想到是几条蚯蚓横七竖八地匍匐在那里。老哑巴在生产队里喂牲口，一早一晚，常能听见他铡草的声音，嚓——嚓嚓——那声音像女人用刀刮着新鲜的鱼鳞，又像男人抡着锐利的斧子在劈柴。我和小伙伴去生产队的草垛藏猫儿时，常能看见他。老哑巴用铁耙子从草垛搂下一捆一捆的草，拎到铡刀旁。本来这草是没有生气的，但因为有一扇铡刀横在那儿，就觉得这草是活物，而老哑巴成了刽子手，他的那双手令人胆寒。我们见着老哑巴，就老是想逃跑。可他误以为我们把草垛蹬散了，他会捉我们问责，为了表示他支持我们藏猫儿，他挥舞着双臂，摇着头，做出无所谓的姿态。见我们仍惊惶地不敢靠前，他就本能地大张着嘴，想通过呼喊挽留我们。但见他喉结急剧蠕动，嗓子里发出"呃呃"的如被噎住似的沉重的气促声，但他却说不出一句话来。

　　老哑巴是勤恳的，他除了铡草、喂牲口之外，还把生产队的场院打扫得干干净净。冬天打扫的是雪，夏天打扫的是草屑、废纸和雨天时牲畜从田间带回的泥土。他晚上就住在挨着牲口棚的一间小屋里。也许人哑了，连鼾声都发不出来，人们说他睡觉时无声无息的。老哑巴很爱花，春天时，他在场院的围栏旁播上几行花籽，到了夏天，五颜六色的花不仅把暗淡陈旧的围栏装点出了生机，还把蜜蜂和蝴蝶也招来了。就是那些过路的人见了那些花，也要多望上几眼，说："这老哑巴种的花可真鲜亮啊，他娶不上媳妇，一定是把花当媳妇给伺候和爱惜着了！"

有一年春天,生产队接到一个任务,要为一座大城市的花园挖上几千株的达子香花。活来得太急,人手不够,队长让老哑巴也跟着上山了。老哑巴很高兴,因为他是爱花的。达子香花才开,它们把山峦映得红一片粉一片的。人们说老哑巴看待花的眼神是挖花的人中最温柔的。晚上,社员们就宿在山上的帐篷里。由于那顶帐篷只有一道长长的通铺,男女只能睡在一起。队长本想在通铺中央挂上一块布帘,使男女分开,但帐篷里没有帘子。于是,队长就让老哑巴充当帘子,睡在中间,他的左侧是一溜儿女人,右侧则是清一色的男人。老哑巴开始抗议着,他一次次地从中央地带爬起,但又一次次地在大家的嬉笑声中被按回原处。后来,他终于安静了。后半夜,有人起夜时,听见了老哑巴发出的隐约哭声。

从山上归来后,老哑巴还在生产队里铡草。一早一晚,仍能听见铡刀"嚓——嚓嚓——"的声响,只不过声音不如以往清脆,不是铡刀钝了,就是他的气力不比从前了。那一年,他没有在场院的围栏前种花,也不爱打扫院子,常蜷在个角落里打瞌睡。队长嫌他老了,学会偷懒了,打发了他。他从哪里来,是没人知道的,就像我们不知他扛着行李卷又会到哪里去一样。我们的小镇仍如从前一样,经历着人间的生离死别和大自然的风霜雨雪,达子香花依然在春天时静悄悄地绽放,依然有接替老哑巴的人一早一晚地为牲口铡着草料,但我们总觉得少了点什么。原来这小镇是少了一个沉默的人——

一个永远无法在春天中歌唱的人!

半个月亮爬上来

——徐则臣

狗又叫了起来,无数的狗,零散地从大平原上发出声音,不是遍地是贼的狂咬,而是缓慢的、梦幻般的遥远的吠叫,更像是叫声的影子。这是我在夜晚听见最多的声音,也几乎是唯一的声音。夜幕垂帘,好像黑暗把村庄从大地上一把抹掉,只剩下这些孤零零的狗叫和清白的台灯下半个明亮的我的房间,一张书桌,一沓纸,一支握在手里的笔。

白天有那么一会儿,我的情绪是明快的。太阳很温暖,漫无边际地把金黄色的光洒遍村庄。光线清澈,把我的房屋顶上的天空抬得很高。一片明净,白杨树光秃高拔的树梢伸向蓝天。漆黑的夜和沉沉的睡梦终于过去了,我一觉醒来已是上午九点,头一歪看见金色的窗户。母亲在院子里说:"快起来,多好的天,冬天里的大太阳。"

难得的好天气。我出了门就看到高远的青天，兔子在院子里追逐跳跃，我得把棉袄的另一个袖子穿上。草草地洗漱，吃了点早饭，我没有按照原定的想法去读书写作，而是决定好好地在阳光里走一走看一看。昨天晚上村庄给我的是一个冷清的黑脸，沉寂的冬夜让我难过。现在好了，把那些黑的、冷的东西翻出来，就像晒被子一样拿到太阳下照一照。

我只在房前屋后走了走，没有越过岸边堆满了枯枝败叶的后河。后河水将要干涸，亮出了泛白的河底，河对岸是田野和庄稼地，铺展着平坦的麦苗，麦苗之上挺立着瘦硬的枯树。好多年了，我只在寒暑假时节匆匆地在家小住，用母亲的说法，屁股还没把板凳焐热就走了。短短的时间里，我很少走过颓废的后河桥去到对岸，再向北走就是我家的菜园子。我也很少去，尤其在冬天。我知道这时候的菜园子形同虚设，一畦畦田垄了无生气，只有几株瘦小的菠菜和蒜苗，因为寒冷而抱紧了大地。无数年来菜园子们都是这么度过它们的冬天，可是此刻，我总是能发现它们的陌生。而阳光是多么好。

祖母坐在院子中的藤椅里，半眯着眼，阳光落满一身。多好的天，祖母说，照得人想睡觉。然后自顾自说起话来。祖母也许知道我会坐下来认真听。我喜欢听她讲述那些陈年旧事，尤其从写小说之后，特别注意搜集那些遥远的故事。对我来说，祖母那一代人的时光已经十分陌生了，对于今天的世界，那是些失踪了的生活，如果祖母不在太阳下讲述出来，它们就永远不会回来了。祖母讲的多是这个村庄里多年前琐碎的恩怨情仇、奇闻怪事。每一位祖母都是讲故事的好手，这绝非作家们为了炫耀师承而矫情编造的谎话。祖母们从她们的时光深处走过来，口袋里的故事我们闻所未闻，更具魅力的是她们讲故事的方式，有一搭没一搭的，想到哪儿说到哪儿，自由散漫，间以咳嗽和吐痰的声音，不时拍打老棉袄上的阳光，然后就忘了刚刚讲到的是谁家的事，提醒也无济于事，她又开了另一家人的故事的头，从老人的死说起，从小孩的出生说起，或者从哪一家迎亲时的牛车和一个大饼说起。那些已经有了霉味的故事被抖落在太阳底下，也像被子那样被重新晾晒。

　　祖母年迈之后，讲述往事成了她最为专注的一件事。听父亲说，祖母睡眠很少，夜里一觉醒来就要把祖父叫醒，向他不厌其烦地讲过去的事。那些事祖父要么经历过，要么已经听过无数次，反正他已是耳熟能详。但祖父还是不厌其烦地听，不时凭着自己的记忆认真地修正。他们在回首过去时得到了乐趣。人老了，就不再往前走了，而是往后退，蹒跚地走回年轻时代，想把那些值得一提的事、那些没来得及做和想的事情重新做一遍想一次。他们想看清楚这辈子如何走了这么远的路。祖母显然常常沉醉在过去的时光里，或者真是太阳很好让人想睡，她讲着讲着就闭上了眼，语速慢了下来，仿佛有着沉重的时光拖曳的艰难，讲述开始像梦呓一样飘飘忽忽。

　　午饭之后我又听了半个下午。下午三点钟的时候太阳依然很好，我也挺不住了，不得不回到房间把推迟的午觉捡起来。

　　一觉混沌。醒来时已经下午五点多，天色黯淡，夜晚迫在眉睫。阳光消失不见了，我大梦醒觉得不知今夕何夕的满足感陡然败落，心情也跟着坏了下来。真想闭上眼接着睡过去，以便在一片大好的阳光里重新醒来。但是此刻睡意全无，母亲正张罗着晚饭，让我起床，一会儿就该吃晚饭了。

　　看来夜晚无法避免。

鲫鱼汤

——肖复兴

  有些事很难忘记。大学毕业那年暑假,我回北大荒一趟。

  那时,知青返乡热还没兴起,我是我们生产队乃至全农场第一个回去的知青,乡亲们都还健在,心气很高。过佳木斯、过富锦、过七星河,我赶回我曾经待过的大兴岛二队的上午,队上已经特意杀了一头猪,在两家老乡家摆出了阵势,热闹得像准备过年。

  几乎全队的人都聚集在那里,等着和我一醉方休。挨个乡亲,我仔细看了一周遭,发现只有车老板大老张没有来。我问大老张哪儿去了,几乎所有人都笑了起来,七嘴八舌地叫道:"喝晕过去了呗!得等着中午见了!"

  大老张是我们队上有名的酒鬼。一天三顿酒,一清早起来,第一件事是摸酒瓶子,赶车出工的时候,腰间别着酒葫芦,什么时候想喝,就得咪上一口。有时候,去富锦县城拉东西,回来天落黑了,他又喝多了,迷了路,幸亏老马识途,要不非陷进草甸子里,回不了家。

不过,大老张干活不惜力,他长得人高马大,一膀子力气,麦收豆收,满满一车的麦子和豆子,他都是一个人装车卸车,不需要帮手。需要帮手的时候,他爱叫上我。因为他爱叫我给他讲故事,他最爱听《水浒》。我们俩常常为争谁坐《水浒》里的第一把交椅而掰扯不清,我说是豹子头林冲,他非要说是阮小二,因为阮小二是打鱼的,他家祖上也是打鱼的。那都是哪辈子的事了?自从他爷爷闯关东之后,他就会赶马车。

那时候,知道我和大老张关系不错,大老张老婆老找我,让我劝大老张少喝点。每一次劝,大老张都会说:"停水停电不停酒!"然后,接着雷打不动地喝。

那天午饭,我也没少喝。两户人家,屋里屋外,炕上炕下,摆了好几桌,杀猪菜尽情地招呼,乡亲们问我这个人怎么样,那个人又怎么样,一个个的知青,都关心地问了个遍。就着北大荒酒的酒劲儿,乡亲们的热情,一浪高过一浪。

午饭快要结束的时候,院子里传来了粗葫芦大嗓门,叫着我的名字:"肖复兴在哪儿了?"一听,就是大老张,这家伙,真的是等到中午才来。早晨的酒劲儿过去了,又接着中午这一顿续上了?我赶紧起身叫道:"我在这儿!"他已经走进了屋,大手一扬,冲我叫道:"看我给你弄什么来了。"我定睛一看,他手里拎着两条小鱼。那鱼很小,顶多有两寸来长。他接着对我说:"一清早我就到七星河给你钓鱼去了,今天真是邪性,钓了一上午,钓到了现在,就钓上这么两条小鲫瓜子!"说着,他把鱼递给身边的一个妇女,嘱咐她:"去给肖复兴炖汤喝,我就知道你们吃的什么都有,就是没有鱼!"

有人调侃大老张:"我们还以为你喝晕过去了呢!"大老张很是一本正经地说:"今儿我可是一滴酒都还没有喝呢,我说什么也得给咱们肖复兴钓鱼去,弄碗鱼汤喝呀!酒喝多了,鱼怎么钓?"这话说得我心头一热。自从认识大老张以来,这是他第一次一上午滴酒未沾。

鲫鱼汤炖好了,端上来,只有小小的一碗。炖鱼的那个妇女说:"鱼实在是太小了!"大家都让我喝,说这可是大老张的一片心意!这时候,大老张已经喝多了,顾不上鲫鱼汤,只管呼呼大睡。满是胡子茬的大嘴一张一合吐着气,像鱼嘴张开吐着泡泡;浑身是七星河畔水草的气味。

什么时候,有过一个人,整整一个上午,为让你喝上一碗鱼汤,而专门去钓鱼?我的心里说不出地感动。单木不成林,一个地方,之所以让你怀念,让你千里万里想再回去看看,不仅仅是那个地方让你难忘,更是有人让你难忘。

我永远难忘那碗小小的鲫鱼汤,汤熬成了奶白色,放了一个红辣椒，几片香菜，色彩那样地好看，味道那样地鲜美。算一算，三十五年过去了，七星河还在，但是，钓鱼的人不在了。那个唯一的上午忍着酒虫子钻心而专心坐在那里，专门为你钓鱼的人不在了。

合欢树

——史铁生

十岁那年，我在一次作文比赛中得了第一。母亲那时候还年轻，急着跟我说她自己，说她小时候的作文作得还要好，老师甚至不相信那么好的文章会是她写的。"老师找到家来问，是不是家里的大人帮了忙。我那时可能还不到十岁呢。"我听得扫兴，故意笑："可能？什么叫可能还不到？"她就解释。我装作根本不再注意她的话，对着墙打乒乓球，把她气得够呛。不过我承认她聪明，承认她是世界上长得最好看的女的。她正给自己做一条蓝地白花的裙子。

二十岁，我的两条腿残废了。除去给人家画彩蛋，我想我还应该再干点别的事，先后改变了几次主意，最后想学写作。母亲那时已不年轻，为了我的腿，她头上开始有了白发。医院已经明确表示，我的病目前没办法治。母亲的全副心思却还放在给我治病上，到处找大夫，打听偏方，花很多钱。她倒总能找来些稀奇古怪的药，让我吃，让我喝，或者是洗、敷、熏、灸。"别浪费时间啦！根本没用！"我说。我一心只想着写小说，仿佛那东西能把残疾人救出困境。"再试一回，不试你怎么知道有用没用？"她说，每一回都虔诚地抱着希望。然而对我的腿，有多少回希望就有多少回失望。最后一回，我的胯上被熏成烫伤。医院的大夫说，这实在太悬了，对于瘫痪病人，这差不多是要命的事。我倒没太害怕，心想死了也好，死了倒痛快。母亲惊惶了几个月，昼夜守着我，一换药就说："怎么会烫了呢？我还直留神呀！"幸亏伤口好起来，不然她非疯了不可。

后来她发现我在写小说。她跟我说："那就好好写吧。"我听出来，她对治好我的腿也终于绝望。"我年轻的时候也最喜欢文学。"她说。"跟你现在差不多大的时候，我也想过搞写作。"她说。"你小时候的作文不是得过第一？"她提醒我说。我们俩都尽力把我的腿忘掉。她到处去给我借书，顶着雨或冒了雪推我去看电影，像过去给我找大夫、打听偏方那样，抱了希望。

三十岁时，我的第一篇小说发表了，母亲却已不在人世。过了几年，我的另一篇小说又侥幸获奖，母亲已经离开我整整七年。

获奖之后，登门采访的记者就多。大家都好心好意，认为我不容易。但是我只准备了一套话，说来说去就觉得心烦。我摇着车躲出去。坐在小公园安静的树林里，我闭上眼睛，想：上帝为什么早早地召母亲回去呢？很久很久，迷迷糊糊地，我听见回答："她心里太苦了。上帝看她受不住了，就召她回去。"我似乎得到一点安慰，睁开眼睛，看见风正从树林里穿过。

我摇车离开那儿，在街上瞎逛，不想回家。

母亲去世后，我们搬了家。我很少再到母亲住过的那个小院儿去。小院儿在一个大院儿的尽里头，我偶尔摇车到大院儿去坐坐，但不愿意去那个小院儿，推说手摇车进去不方便。院儿里的老太太们还都把我当儿孙看，尤其想到我又没了母亲，但都不说，光扯些闲话，怪我不常去。我坐在院子当中，喝东家的茶，吃西家的瓜。有一年，人们终于又提到母亲："到小院儿去看看吧，你妈种的那棵合欢树今年开花了！"我心里一阵抖，还是推说手摇车进出太不易。大伙儿就不再说，忙扯些别的，说起我们原来住的房子里现在住了小两口，女的刚生了个儿子，孩子不哭不闹，光是瞪着眼睛看窗户上的树影儿。

我没料到那棵树还活着。那年，母亲到劳动局去给我找工作，回来时在路边挖了一棵刚出土的"含羞草"，以为是含羞草，种在花盆里长，竟是一棵合欢树。母亲从来喜欢那些东西，但当时心思全在别处。第二年合欢树没有发芽，母亲叹息了一回，还不舍得扔掉，依然让它长在花盆里。第三年，合欢树却又长出叶子，而且茂盛了。母亲高兴了很多天，以为那是个好兆头，常去侍弄它，不敢再大意。又过一年，她把合欢树移出盆，栽在窗前的地上，有时念叨，不知道这种树几年才开花。再过一年，我们搬了家，悲痛弄得我们都把那棵小树忘记了。

与其在街上瞎逛，我想，不如就去看看那棵树吧。我也想再看看母亲住过的那间房。我老记着，那儿还有个刚来到世上的孩子，不哭不闹，瞪着眼睛看树影儿。是那棵合欢树的影子吗？小院儿里只有那棵树。

院儿里的老太太们还是那么欢迎我，东屋倒茶，西屋点烟，送到我眼前。大伙儿都不知道我获奖的事，也许知道，但不觉得那很重要；还是都问我的腿，问我是否有了正式工作。这回，想摇车进小院儿真是不能了。家家门前的小厨房都扩大，过道窄到一个人推自行车进出也要侧身。我问起那棵合欢树。大伙儿说，年年都开花，长得跟房子一样高了。这么说，我再看不见它了。我要是求人背我去看，倒也不是不行。我挺后悔前两年没有自己摇车进去看看。

我摇着车在街上慢慢走，不急着回家。人有时候只想独自静静地待一会儿。悲伤也成享受。

有一天那个孩子长大了，会想起童年的事，会想起那些晃动的树影儿，会想起他自己的妈妈。他会跑去看看那棵树。但他不会知道那棵树是谁种的，是怎么种的。

一九八四年十一月

祖父的园子

——萧红

呼兰河这小城里边住着我的祖父。

我生的时候,祖父已经六十多岁了,我长到四五岁,祖父就快七十了。

我家有一个大花园,这花园里蜂子、蝴蝶、蜻蜓、蚂蚱,样样都有。蝴蝶有白蝴蝶、黄蝴蝶。这两种蝴蝶极小,不太好看。好看的是大红蝴蝶,满身带着金粉。

蜻蜓是金的,蚂蚱是绿的。蜂子则嗡嗡地飞着,满身绒毛,落到一朵花上,胖圆圆的就和一个小毛球似的不动了。

花园里边明晃晃的,红的红,绿的绿,新鲜漂亮。

据说这花园,从前是一个果园。祖母喜欢吃果子就种了果树。祖母又喜欢养羊,羊就把果树给啃了。果树于是都死了。到我有记忆的时候，园子里就只有一棵樱桃树、一棵李子树，因为樱桃和李子都不大结果子，所以觉得它们是并不存在的。小的时候，只觉得园子里边就有一棵大榆树。

这榆树，在园子的西北角上，来了风，这榆树先啸，来了雨，大榆树先就冒烟了。太阳一出来，大榆树的叶子就发光了，它们闪烁得和沙滩上的蚌壳一样了。

祖父一天都在后园里边，我也跟着祖父在后园里边。祖父戴一个大草帽，我戴一个小草帽，祖父栽花，我就栽花；祖父拔草，我就拔草。当祖父下种种小白菜的时候，我就跟在后边，把那下了种的土窝用脚一个一个地溜平，哪里会溜得准，东一脚地，西一脚地瞎闹。有的白菜种不单没被土盖上，反而把菜子踢飞了。

小白菜长得非常之快，没有几天就冒了芽了。一转眼就可以拔下来吃了。

祖父铲地，我也铲地。因为我太小，拿不动那锄头杆，祖父就把锄头杆拔下来，让我单拿着那个锄头的"头"来铲。其实哪里是铲，也不过爬在地上，用锄头乱钩一阵就是了。也认不得哪个是苗，哪个是草。往往把韭菜当作野草一起割掉，把狗尾草当作谷穗留着。

等祖父发现我铲的那块满留着狗尾草的一片地，他就问我：

"这是什么？"

我说：

"谷子。"

祖父大笑起来，笑得够了，把草摘下来问我：

"你每天吃的就是这个吗？"

我说：

"是的。"

我看着祖父还在笑，我就说：

"你不信，我到屋里拿来给你看。"

我跑到屋里，拿了鸟笼上的一个谷穗，远远地就抛给祖父了。说：

"这不是一样的吗？"

祖父慢慢地把我叫过去，讲给我听，说谷子是有芒针的，狗尾草则没有，只是毛嘟嘟的真像狗尾巴。

祖父虽然教我，我看了也并不细看，也不过马马虎虎承认下来就是了。一抬头看见了一个黄瓜长大了，跑过去摘下来，我又去吃黄瓜去了。

黄瓜也许没有吃完，又看见了一个大蜻蜓从旁飞过，于是丢了黄瓜又去追蜻蜓去了。蜻蜓飞得多么快，哪里会追得上。好则一开初也没有存心一定追上。所以站起来，跟了蜻蜓跑了几步就又去做别的去了。

采一个倭瓜花心，捉一个大绿豆青蚂蚱，把蚂蚱腿用线绑上，绑了一会儿，也许把蚂蚱腿就绑掉，线头上只拴了一只腿，而不见蚂蚱了。

玩腻了，又跑到祖父那里去乱闹一阵。祖父浇菜，我也抢过来浇，奇怪的就是并不往菜上浇，而是拿着水瓢，拼尽了力气，把水往天空里一扬，大喊着：

"下雨了，下雨了。"

太阳在园子里是特大的，天空是特别高的，太阳的光芒四射，亮得使人睁不开眼睛，亮得蚯蚓不敢钻出地面来，蝙蝠不敢从什么黑暗的地方飞出来。是凡在太阳下的，都是健康的，漂亮的，拍一拍连大树都会发响的，叫一叫就是站在对面的土墙都会回答似的。

花开了，就像花睡醒了似的。鸟飞了，就像鸟上天了似的。虫子叫了，就像虫子在说话似的。一切都活了。都有无限的本领，要做什么，就做什么。要怎么样，就怎么样。都是自由的。倭瓜愿意爬上架就爬上架，愿意爬上房就爬上房。黄瓜愿意开一朵谎花，就开一朵谎花，愿意结一个黄瓜就结一个黄瓜。若都不愿意，就是一个黄瓜也不结，一朵花也不开，也没有人问它似的。玉米愿意长多高就长多高，它若愿意长上天去，也没有人管。蝴蝶随意地飞，一会儿从墙头上飞来一对黄蝴蝶，一会儿又从墙头上飞走了一个白蝴蝶。它们是从谁家来的，又飞到谁家去？太阳也不知道这个。

只是天空蓝悠悠的，又高又远。

可是白云一来了的时候，那大团的白云，好像翻了花的白银似的，从祖父的头上经过，好像要压到了祖父的草帽那么低。

我玩累了，就在房檐底下找个阴凉的地方睡着了。不用枕头，不用席子，就把草帽扣在脸上就睡了。

风吹一生

——徐则臣

天真的冷了，连风也受不了了，半夜三更敲打我的窗户，它们想进来。这种节奏的敲打声我熟悉，这些风一定是从我家乡来的。所有的风都来自北方的野地和村庄，我家在城市的北面。我掀开窗帘，看到风在闪烁不定的霓虹灯里东躲西藏，它们对此十分陌生。风的认识里只有光秃秃的树、野火烧光的草、路边的草堆、孩子们头上的乱发和整个村庄老人的一生。风不认识城市的路，一定是谁告诉了它们我在这里，它们才会爬到五楼上来找我。

城市里没有风声，没有歪脖子树和草堆供它们存活下去。它们远道而来是为了唤一个人回去，是唤我吧，我已经很长时间没回家了。我从床上起来，打开北向的窗户，黑暗阔大的北风滚滚而来，像旗帜和黄沙一样悬在城市的半空，只等着我从钢筋水泥的一块堡垄里伸出头来,与我面对面,告诉我一些风中的人的消息。

我家乡的人生活在风里。离家的那天,一大早我就看见祖父坐在门口的小马扎上。天色灰沉清冷,秋天的早上永远是一副将要下雨的模样。风很大,地上的杨树叶子转着圈堆到祖父的鞋子上。我对祖父说,进屋吧,外面冷。祖父说没事,不冷,都在风里活了一辈子了。然后问我坐火车还是汽车。我说火车,这个问题他已经问了好几遍了。祖父自语地把"火车"重复了一遍,说他夜里也梦见我坐的火车了,跑得太快,怎么叫都停不下来,他就是过来看看,我是不是已经被火车带走了。我让祖父进屋吃早饭,他也不肯,只想坐坐,守在门口的风里。那个早上我离开了家,到了一个远离家乡的城市。祖父拎着小马扎跟在我后面穿过巷子,风卷起的尘土擦着裤脚。我说巷子里风大,回去吧,祖父说你走你的。他想在巷子头坐坐。然后就放下小马扎坐在了路边上。村庄坐落在野地里,村前村后都是麦地,麦地上的风毫无阻碍地从村南刮到村北,沿村庄中心宽阔的土路,一次次宽阔地刮过。我走了很远回过头,还看见祖父坐在风里,面对着我的背影,被风刮得有点抖。

祖父老了。风吹进了他的身体。当风吹进了一个人的身体里时,他就老了。二十多年来,我目睹了来来去去的风如何改变了一个人。我记事时起,祖父一直骑着自行车带我去镇上赶集,五天一次,先在集市边上的小吃摊坐下,吃逐渐涨价的油煎包子,然后到菜市旁边的空地上看小画书,风送过来青菜和肉的味道。那时候祖父骑车很稳健，再大的风也吹不倒。有风的时候我躲在祖父身后，贴着他的脊背，只能感到风像一场大水流过我抓着祖父衣服的手。长大了，我自己也能骑车了，少年心性，车子骑得飞快，在去姑妈家的路上远远地甩下了祖父。我停在桥头上，看见祖父顶着风吃力地蹬车。祖父骑车的速度从此慢了下去。有一天祖父从外面回来，向我们抱怨村边的路太差，除了石子就是车辙和牛蹄印，祖父说，风怎么突然就大了呢？车头都抓不稳了。但是谁都没有在意。

从菜地回家的路上，我遇到祖父从镇上回来，第一次看见祖父骑着车子在风里摇摇晃晃。祖父不经意间被风吹歪了。其实野地上的所有东西都被风吹歪过。有的会歪上一辈子，像房后的那棵桑树，一场风之后再也没能直起腰来。有的歪过一段时间慢慢又把自己扶直了。只有人是被风渐渐吹歪的，人歪了以后就会一直歪下去，别指望能重新站直。风只会在人无法再站直的时候把你吹歪。祖父不再骑自行车了，我们担心他出事，不让他骑。他被风彻底地从车上吹了下来。不能骑车之后，祖父走到哪儿都拎着一个小马扎，他终于意识到很难再在风中站直了，风也不会让他长久地站在一个地方。风强迫他坐上了马扎。

一个人就这样被风吹老了。风逐渐穿过人的身体，吹走了黑发留下白头，吹干了皮肤留下皱纹，最后吹松了血肉，留下一把老骨头。这时候风又为人指明了另一个去处。

我相信最终是风把人给打发掉的。多少年来，我的村庄一直有个奇怪的现象，老人们去世总是一批一批走，很少有哪个人是独自上路的。在第一个人离开的时候，村里人就知道又一场死亡之风降临了，从年老体弱的开始盘算，每个人对村庄都有一笔小账。果然是一个接着一个，三五个老人相互陪伴着上路。一段时间内，村庄里哭声不绝，锣鼓声悲，野地里飘满了纸钱。他们出生在同一场风里，活在同一场风里，又被同一场风刮到了另一个世界。

我说过，城市里没有风，所有的风都来自野地和村庄。因为没有谁像野地里的孩子那样依赖风才能生长，尽管，也许同样是几十年前的那场风又回过头，把他送到了另外一个地方。风是我们见过最多的东西。我一直跟着一阵风向前走，走着走着就长大了。那阵风始于十几年前，我一个人从家里出来，很小，走远了就找不到回来的路。我追过无数个旋风，那些旋风像底朝下的斗笠那样大，像陀螺一样不停地往前跑。太阳落到了村庄西面的白杨树后头，我出了门就遇上了它。旋风不紧不慢地穿过巷子，然后左拐上了中心路，一路上旋起了泥土、稻草叶子和干松的牛粪渣子。这是我见过的最为优雅的旋风，不张扬也不会让你忽略。我一直跟在它后面，我想看看它到底有多大的耐心。很多旋风都是走了几步就找不到了。它沿着中心路一直向南。我很奇怪一路上竟没遇上一个人，甚至连狗叫和小孩的哭声都没听到。我们经过了药房、供销社大商店和南湖桥边的两棵老柳树。刚上了南湖桥，旋风突然不见了，我以为桥面上布满石子，它过不去了，没想到几秒钟之后它出现在桥的南边,已经过了桥。过了桥是南湖的麦地。天色黯淡,我要费力才能盯紧它。我们在镶嵌干枯坚硬的车辙的田间路上继续向前。我记不得走了多长时间,它突然拐进了一块麦地不见了,没有任何先兆。我想它会出来的,就站在路边等,但是眼前只是一片绿得发黑的麦苗。

夜晚的另一场风来了,因为冷我才发现自己站在田野里。周围一个人都没有,连条狗都没有。我觉得像在做梦,记不起是如何一步一步走到这里来的。恐惧和黑暗一起围在我身边,我哭了,找不到回家的路了。现在当我一点一点地接近十几年前时,我逐渐看清了一个站在麦地边上哭泣的男孩,他的身边是巨大的黑暗和风声。然后看到供销社大商店的售货员——后来我一直叫他"消炎丁"的邻村人锁上了大门,骑一辆老式"永久"牌自行车上了南湖桥。是"消炎丁"把我送回了家。我被旋风带上的那条路是他回家的必经之路。

回家以后母亲告诉我,每一个旋风都是一个死去的人的灵魂,它们常常来到村里拐带不听话的小孩。以后要听话,不能踩它们,也不能跟着它们到处乱跑。我不是很相信,因为没有一个旋风曾经把我拐跑过。我常常会想起那些大大小小的追旋风的经历,尤其忘不了那一次。此后的日子里我知道了,一个人走路时要用心,记住回家的路,到了黑暗的旷野中不要站在原地,更不应该哭泣。读书之后我就不再追旋风了,但隐隐觉得其实还是在跟着一场更持久的旋风向前走,从村庄走到了城市。这场旋风的形态我难以描述,也不清楚它是否已经拐到了另一个地方。我只知道,我在城市看不到风。城市里填满了高楼大厦和霓虹灯,缺少空旷的土地供它们生息。孩子们不需要旋风,有仿真的电动玩具引领他们成长,长大之后坐在了空调房间,没有风也能活下去;至于老人,使他们衰老的,是岁月和他们自己。

辑三

通往田野的小巷

那些毛驴,一步三个蹄印地走在千年乡道上,
驴车上的人悠悠然然,
再长的路,再要紧的事也是这种走法。

共同的家

——刘亮程

为一窝老鼠我们先后养过四五只猫,全是早先一只黑母猫的后代。在我的印象中猫和老鼠早就订好了协议。自从养了猫,许多年间我们家老鼠再没增多,却也始终没彻底消灭,这全是猫故意给老鼠留了生路。老鼠每天夜里牺牲掉两只,供猫果腹,猫一吃饱,老鼠便太平了,满屋子闹腾,从猫眼皮底下走过,猫也懒得理识。

我们早就识破猫和老鼠的这种勾当。但也没办法,不能惩罚猫。猫打急了会跑掉,三五天不回家,还得人去找。有时在别人家屋里找见,已经不认你了。不像狗,对它再不好也不会跑到别人家去。

我们一直由着猫,给它许多年时间,去捉那窝老鼠,很少打过它。我们想,猫会慢慢把这个家当成自己家,把家里的东西当成自己的东西去守护。我们期望每个家畜都能把这个院子当成家，跟我们一起和和好好往下过日子。虽然，有时我们不得不把喂了两年的一头猪宰掉，把养了三年的一只羊卖掉，那都是没办法的事。

那头黑猪娃刚买来时就对我们家很不满意。母亲把它拴在后墙根，不留神它便在墙根拱一个坑，样子气哼哼的，像要把房子拱倒似的。要是个外人在我们家后墙根挖坑，我们非和他拼命不可。对这头小猪娃，却只有容忍。每次母亲都拿一个指头细的小树条，在小猪鼻梁上打两下，当着它的面把坑填平、踩瓷实。末了举起树条吓唬一句："再拱墙根打死你。"

黄母牛刚买来时也常整坏家里的东西。父亲从邱老二家买它时它才一岁半。父亲看上了它，它却没看上父亲，不愿到我们家来。拉它时一个劲儿地后退，还甩头，蹄子刨地向父亲示威。好不容易牵回家，拴在槽上，又踢又叫，独自在那里耍脾气。它用角抵歪过院墙，用屁股蹭翻过牛槽。还踢伤一只白母羊，造成流产。父亲并没因此鞭打它。父亲爱惜它那身光亮的没有一丝鞭痕的皮毛。我们也喜欢它的犟劲儿，给它喂草饮水时逗着它玩。它一发脾气就赶紧躲开。我们有的是时间等。一个月，两个月。一年，两年。我们总会等到一头牛把我们全当成好人，把这个家认成自己家。有多大劲儿也再不往院墙牛槽上使。爱护家里每一样东西，容忍羊羔在它肚子下钻来钻去，鸡在它蹄子边刨虫子吃，有时飞到脊背上啄食草籽。

牛是家里的大牲畜。我们知道养乖一头牛对这个家有多大意义。家里没人时，遇到威胁，其他家畜都会跑到牛跟前。羊躲到牛屁股后面，鸡钻到羊肚子底下。狗会抢先迎上去狂吠猛咬。在狗背后，牛怒瞪双眼，扬着利角，像一堵墙一样立在那里。无论进来的是一条野狗、一匹狼，还是一个不怀好意的陌生人，都无法得逞。

在这个院子里我们让许多素不相识的动物成了亲密一家。我们也曾期望老鼠把这个家当成自己家，饿了到别人家偷粮食，运到我们家来吃。可是做不到。

几个夏天过去后，这个院子比我们刚来时更像个院子。牛圈旁盖了间新羊圈，羊圈顶上是鸡窝。猪圈在东北角上，全用树根垒起来的，与牛羊圈隔着菜窖和柴垛。是我们故意隔开的。牛羊都嫌弃猪。猪粪太臭，猪又爱往烂泥坑里钻，身子脏兮兮的。牛羊都极爱干净。尽管白天猪哼哼唧唧在牛羊间钻来钻去，也看不出牛和羊怎么嫌弃它，更没见羊和猪打过架，但我们还是把它们分开，一来院子东北角正对着荒地，需要把院墙垒结实。二来我们潜意识中觉得，那个角上应该有谁驻守。猪也许最合适。

经过几个夏天——我记不清经过了几个夏天，无论母亲、大哥、我、弟弟、妹妹，还是我们进这个家后买的那些家畜，都已默认和喜欢上这个院子。我们亲手给它添加了许多内容。除了羊圈，房子东边续盖了两间小房子，一间专门煮猪食，一间放农具和饲料。院墙几乎重修了一遍，我们进来时有好几处篱笆坏了，到处是大大小小的洞，第一年冬天从雪地上的脚印我们知道，有野兔、狐狸，还有不认识的一种动物进了院子。拆掉重盖又拆掉，垒了三次狗窝，一次垒在院子最里面靠菜地的那棵榆树下，嫌狗咬人不方便，离院门太远，它吠叫着跑过院子时惊得鸡四处乱飞。二次移到大门边，紧靠门墩，狗洞对着院门，结果外人都不敢走近敲门，有事站在路上大嗓子喊。三次又往里移了几米。

这些小活都是我们兄弟几个干。大些的活父亲带我们一块干。父亲早年曾在村里当过一阵小组长，我听有人来找父亲帮忙时，还尊敬地叫他"方组长"，更多时候大家叫他"方老二"。

我们跟父亲干活总要闹许多别扭。那时我们对这个院子的历史一无所知，不知道那些角角落落里曾发生过什么事。"不要动那根木头。"父亲大声阻止。我们想把这根歪扭的大榆木挪到墙根，腾出地方来栽一行树。"那个地方不能挖土。""别动那个木桩。"我们隐约觉得那些东西上隐藏着许多事。我们太急于把手伸向院子的每一处，想抹掉那些不属于我们的陈年旧事，却无意中翻出了它们，让早已落定的尘埃重又弥漫在院子里。我们挪动那些东西时已经挪动了父亲的记忆。我们把他的往事搅乱了。他很生气。他一生气便气哼哼地蹲到墙根，边抽烟边斜眼瞪我们。在他的乜视里我们小心谨慎地干完一件又一件事，照着我们的想法和意愿。

牲畜们比我们更早地适应了一切。它们认下了门：朝路开的大门、东边侧门、菜园门、各自的圈门，知道该进哪个不能进哪个。走远了知道回来，懂得从门进进出出，即使院墙上有个豁口也不随便进出。只有野牲口（我们管别人家的牲口叫野牲口）才从院墙豁口跳进来偷草料吃。经过几个夏天（我总是忘掉冬天，把天热的日子都认成夏天），它们都已经知道了院子里哪些东西不能踩，知道小心地绕过筐、盆子、脱在地上没晾干的土块、农具，知道了各吃各的草，各进各的圈，而不像刚到一起时那样相互争吵。到了秋天，院子里堆满黄豆、甜菜、苞谷棒子，羊望着咩咩叫，猪望着直哼哼，都不走近，知道那是人的食物，吃一口就要鼻梁上挨条子。也有胆大的牲畜趁人不注意叼一个苞谷棒子，狗马上追咬过去，夺回来放在粮堆。

一个夜晚我们被狗叫声惊醒，听见有人狠劲儿顶推院门，门哐哐直响。父亲提马灯出去，我提一根棍跟在后面。对门喊了几声，没人应。父亲打开院门，举灯过去，看见三天前我们卖给沙沟沿张天家的那只黑母羊站在门外，眼角流着泪。

南疆，一枚金色的书签

——肖复兴

南疆是金色的。

横亘新疆的塔克拉玛干沙漠，在南疆，一望无垠，连接着天与地、神与人那遥远渺茫而神秘的界限，在西北格外高远的蓝天的映衬下，在紫外线格外强烈的阳光的照射下，沙漠浸透着无边无际的金色。那种纯正的金色，似乎从每一粒沙砾中都可以提取出金子来。

这种金色，可以说是涂抹在整个南疆的底色，在中国，这是任何一地旅游中都无法看到的风光。在江南的春天，可以看到绿色的山水；在北国的冬天，可以看到银色的冰雪；在中原的秋天，可以看到火红的枫叶……但是，你要想看到这样壮丽恢宏的金色的沙漠，必要到南疆，舍此其谁，别无选择。

不过，如果你以为南疆只是沙漠一片地表的荒凉、一种色彩的单调、一幅"一川碎石大如斗，随风满地石乱走"的枯寂画面，那你就错了。南疆的魅力，在于这样壮阔的沙漠背景中所蕴藏着的庙宇、千佛洞和古城遗址。它们相得益彰，构成了南疆人文与自然交相辉映的奇迹。

庙宇在各地都能够见到，但如果你不乘飞机而是坐汽车横穿塔克拉玛干之后来到喀什，见到那金碧辉煌的清真寺的时候，那感觉是不一样的。因有了漫长旅途的期待，更因有和天一样宽广的沙漠的依托与对比，那彩色的清真寺才会在你的眼前立刻为之一亮，仿佛在茫茫的黑夜里看到了灿烂的星星，和在星星闪烁下出现的童话般的辉煌的宫殿一样。风景，如同戏剧中的人物出场一样，南疆独有的沙漠无疑起了烘云托月的作用。金色和彩色的色彩相比，才会显得如此炫目。这让我想起在土耳其的伊斯坦布尔见到的蓝色清真寺，在蔚蓝色的博斯普鲁斯海峡涌动的海水的映衬下，才显得那样壮观。南疆的沙漠，与伊斯坦布尔的海水，作用是一样的，化学反应似的，衬托得清真寺那样不同凡响，金色的沙漠和蔚蓝色的海水，是清真寺的背景，如果没有了这样的背景，怎么可以迸射出它们如此的辉煌？

千佛洞，无论是库车的克孜尔尕哈的千佛洞，还是新和的托呼拉克埃肯木千佛洞，本身无疑就因有佛光聚集而辉映着灿烂的金色。这种佛光与沙漠的金色相互辉映，彼此增添着金色的浓度和纯度,千佛洞,诞生在这样的沙漠之中,才显示着它的神秘与古老。沙漠的苍老和沧桑,如老人一样保护着它们,让它们在沙漠的腹地,在历史的深处免受伤害,而能够长久地保鲜存真。也让它们历史的厚重如树的年轮一样层层叠加那样醒目,不用任何标签,一眼就能够看得出来。那是在真正岁月雕刻下的皱纹,而不是现代化妆术后的形象。同样,沙漠因有了这样的一座座千佛洞的存在而有佛光的普照,才让沙漠中的每一粒沙砾格外金光灿灿,让在自然中、在俗世中的沙砾有神圣的光芒,让你膜拜,禁不住跪拜在沙漠之中,双手捧起沙砾,让沙砾从指缝间沙漏一般流溢而出,让你感到温度,感到力度,感到茫茫天地之间的渺小和自然与神的伟大。

那些散落在南疆沙漠中的古城遗址,交河故城也好,唐兰遗址也罢,或是楼兰古城、苏巴什古城、乌什喀特古城、唐奥依古城、库尔勒古城……都是南疆的奇迹。它们是南疆闪烁在今天的眼睛,它们是活在历史中的灵魂。记得那一年,我去库车的苏巴什古城,是一个落日洒满天地之间的黄昏。山是金色的,沙漠是金色的,古城的断壁残垣也都是金色的。粗犷、空旷而荒凉的景色,天和地、风和日都加入了景色之中,成为景色中独一无二的元素,更容易让人荡涤心胸,感受到与大自然的相通,和历史的接近。那样的景色,是都市的人造景观无法相比的,是那种油饰一新的仿古景观更无法相比的。在这样的景色中徜徉,古龟兹国的威风凛凛,出征西域的班超的金戈铁马,似乎都显得那样近,仿佛就在身边不远的地方，在那座古城堡的黄色山丘后面藏着，只要我们一声招呼，它们，还有那万千将士和战马都可能呼啸着奔涌而出。四围山色，一鞭残阳，万里戈壁，迎风怀想，那样的旅程，和小桥流水、桃红柳绿，完全不在一个段位之上。

南疆的魅力，还在于在这样壮丽的沙漠中所蕴藏有一条壮丽的河流——莽莽苍苍的塔里木河，以及河两岸各自延伸四十公里的莽莽苍苍的胡杨林。

金色的南疆，如果说是一座用金子打造而成的宫殿，也正是因为有了这样丰富的人文与自然风光的参与，南疆这一份炫目的金色才丰富起来。如果说庙宇、千佛洞、古城遗址，是南疆雄性的体现，那么，塔里木河和胡杨林则是它女性的象征。

只要你一踏进南疆，你就被这样丰富多彩的金色所包围、所淹没，便把你自己也锻造成了一枚金色的书签，夹在你回忆的纪念册里了。

通往田野的小巷

——刘亮程

　　顺着一条巷子往前走，经过铁匠铺、馕坑、烧土陶的作坊，不知不觉地，便进入一片果园或苞谷地。八九月份，白色、红色的桑葚斑斑点点熟落在地。鸟在头顶的枝叶间鸣叫，巷子里的人家静悄悄的。很久，听见一辆毛驴车的声音，驴蹄嘀嗒嘀嗒地点踏过来，毛驴小小的，黑色，白眼圈，宽长的车排上铺着红毡子，上搭红布凉棚。赶车的多为小孩和老人，坐车的，多是些丰满漂亮的女人，服饰艳丽，爱用浓郁香水，一路过去，留香数里，把鸟的头都熏晕了。如果不是巴扎日，老城的热闹仅在龟兹古渡两旁，饭馆、商店、清真寺、手工作坊，以及桥上桥下的各种民间交易。这一块是库车老城跳动不息的古老心脏，它的头是昼夜高昂的清真大寺，它的手臂时时背在身后，双腿埋在千年尘土里，不再迈动半步。

库车城外的田野更像田野，田地间野草果树杂生。不像其他地方的田野，是纯粹的庄稼世界。

在城郊乌恰乡的麦田里，芦苇和种类繁多的野草，长得跟麦子一样旺势。高大的桑树、杏树耸在麦田中间。白杨树挨挨挤挤围拢四周，简直像一个植物乐园。桑树、杏树虽高大繁茂，却不欺麦子。它们的根直扎下去，不与麦子争夺地表层的养分。在它们的庞大树冠下，麦子一片油绿。

有人说，南疆农民懒惰，地里长满了草。我倒觉得，这跟懒没关系，而是一种生存态度。在许多地方，人们已经过于勤快，把大地改变得只适合人自己居住。他们忙忙碌碌，从来不会为一只飞过头顶的鸟想一想，它会在哪儿落脚？它的食物和水在哪里？还有那些对他们没有用处的野草，全铲除干净，虫子消灭光。在那里，除了人吃的粮食，土地再没有生长万物的权利。

库车农民的生活就像他们的民歌一样缓慢悠长。那些毛驴，一步三个蹄印地走在千年乡道上，驴车上的人悠悠然然，再长的路，再要紧的事也是这种走法。不管太阳什么时候出来，又什么时候落山。田地里的杂草，就在他们的缓慢与悠然间，生长出来，长到跟麦子一样高，一样结饱籽粒。

在这片田野里，一棵草可以放心地长到老而不必担心被人铲除。一棵树也无须担忧自己长错位置，只要长出来，就会生长下去。人的粮食和毛驴爱吃的杂草长在同一块地里。鸟在树枝上做窠，在树下的麦田捉虫子吃，有时也啄食半黄的麦粒，人睁一眼闭一眼。库车的麦田里没有麦草人，鸟连真人都不怕，敢落到人帽上。敢把窝筑在一伸手就够到的矮树枝上。

　　一年四季，田野的气息从那些弯曲的小巷吹进老城。杏花开败了，麦穗扬花。桑子熟落时，葡萄下架。靠农业养活，以手工谋生的库车老城，它的每一条巷子都通往果园和麦地。沿着它的每一条土路都走回到过去。毛驴车，这种古老可爱的交通工具，悠悠晃晃，载着人们，在这块绿洲上，一年年地原地打转。永远都跑不快，跑不了多远。也永远不需要跑多快多远。

　　不远的绿洲之外，是荒无人烟的戈壁沙漠。

内蒙风光（节选）

——老舍

一九六一年夏天，我们——作家、画家、音乐家、舞蹈家、歌唱家等共二十来人，应内蒙古自治区乌兰夫同志的邀请，由中央文化部、民族事务委员会和中国文联进行组织，到内蒙古东部和西部参观访问了八个星期。陪同我们的是内蒙古文化局的布赫同志。他给我们安排了很好的参观程序，使我们在不甚长的时间内看到林区、牧区、农区、渔场、风景区和工业基地；也看到了一些古迹、学校和展览馆；并且参加了各处的文艺活动，交流经验，互相学习。到处，我们都受到领导同志们和各族人民的欢迎与帮助，十分感激！

以上作为小引。下面我愿分段介绍一些内蒙风光。

林 海

　　这说的是大兴安岭。自幼就在地理课本上见到过这个山名，并且记住了它，或者是因为"大兴安岭"四个字的声音既响亮，又含有兴国安邦的意思吧。是的，这个悦耳的名字使我感到亲切、舒服。可是，那个"岭"字出了点岔子：我总以为它是奇峰怪石，高不可攀的。这回，有机会看到它，并且进到原始森林里边去，脚落在千年万年积累的几尺厚的松针上，手摸到那些古木，才真的证实了那种亲切与舒服并非空想。

　　对了，这个"岭"字，可跟秦岭的"岭"字不大一样。岭的确很多，高点的，矮点的，长点的，短点的，横着的，顺着的，可是没有一条使人想起"云横秦岭"那种险句。多少条岭啊，在疾驰的火车上看了几个钟头，既看不完，也看不厌。每条岭都是那么温柔，虽然下自山脚，上至岭顶，长满了珍贵的林木，可是谁也不孤峰突起，盛气凌人。

　　目之所及，哪里都是绿的。的确是林海。群岭起伏是林海的波浪。多少种绿颜色呀：深的，浅的，明的，暗的，绿得难以形容，绿得无以名之。我虽诌了两句："高岭苍茫低岭翠，幼林明媚母林幽"，但总觉得离眼前实景还相差很远。恐怕只有画家才能够画下这么多的绿颜色来吧？

兴安岭上千般宝，第一应夸落叶松。是的，这是落叶松的海洋。看，"海"边上不是还有些白的浪花吗？那是些俏丽的白桦，树干是银白色的。在阳光下，一片青松的边沿，闪动着白桦的银裙，不像海边上的浪花吗？

两山之间往往流动着清可见底的溪河，河岸上有多少野花呀。我是爱花的人，到这里我却叫不出那些花的名儿来。兴安岭多么会打扮自己呀：青松作衫，白桦为裙，还穿着绣花鞋呀。连树与树之间的空隙也不缺乏色彩：在松影下开着各种的小花，招来各色的小蝴蝶——它们很亲热地落在客人的身上。花丛里还隐藏着像珊瑚珠似的小红豆，兴安岭中酒厂所造的红豆酒就是用这些小野果酿成的，味道很好。

就凭上述的一些风光，或者已经足以使我们感到兴安岭的亲切可爱了。还不尽然：谁进入岭中，看到那数不尽的青松白桦，能够不马上向四面八方望一望呢？有多少省份用过这里的木材呀！大至矿井、铁路，小至桌椅、椽柱，有几个省市的建设与兴安岭完全没有关系呢？这么一想，"亲切"与"舒服"这种字样用来就大有根据了。所以，兴安岭越看越可爱！是的，我们在图画中或地面上看到奇山怪岭，也会发生一种美感，可是，这种美感似乎是起于惊异与好奇。兴安岭的可爱，就在于它美得并不空洞。它的千山一碧，万古常青，又恰好与广厦、良材联系起来。于是，它的美丽就与建设结为一体，不仅使我们拍掌称奇，而且叫心中感到温暖，因而亲切、舒服。

哎呀,是不是误投误撞跑到美学问题上来了呢?假若是那样,我想:把美与实用价值联系起来,也未必不好。我爱兴安岭,也更爱兴安岭与我们生活上的亲切关系。它的美丽不是孤立的,而是与我们的建设分不开的。它使不远千里而来的客人感到应当爱护它,感谢它。

及至看到林场,这种亲切之感便更加深厚了。我们伐木取材,也造林护树,左手砍,右手栽。我们不仅取宝,也做科学研究,使林海不但能够万古常青,而且百计千方,综合利用。山林中已有了不少的市镇,给兴安岭添上了新的景色,添上了愉快的劳动歌声。人与山的关系日益密切,怎能够使我们不感到亲切、舒服呢?我不晓得当初为什么管它叫作兴安岭,由今天看来,它的确含有兴国安邦的意义了。

草　原

自幼就见过"天苍苍,野茫茫,风吹草低见牛羊"这类的词句。这曾经发生过不太好的影响,使人怕到北边去。这次,我看到了草原。那里的天比别处的天更可爱,空气是那么清新,天空是那么明朗,使我总想高歌一曲,表示我的愉快。在天底下,一碧千里,而并不茫茫。四面都有小丘,平地是绿的,小丘也是绿的。羊群一会儿上了小丘，一会儿又下来，走在哪里都像给无边的绿毯绣上了白色的大花。那些小丘的线条是那么柔美，就像没骨画那样，只用绿色渲染，没有用笔勾勒，于是，到处翠色欲流，轻轻流入云际。这种境界，既使人惊叹，又叫人舒服，既愿久立四望，又想坐下低吟一首奇丽的小诗。在这境界里，连骏马与大牛都有时候静立不动，好像回味着草原的无限乐趣。紫塞，紫塞，谁说的？这是个翡翠的世界。连江南也未必有这样的景色啊！

我们访问的是陈巴尔虎旗的牧业公社。汽车走了一百五十里，才到达目的地。一百五十里全是草原。再走一百五十里，也还是草原。草原上行车至为洒脱，只要方向不错，怎么走都可以。初入草原，听不见一点声音，也看不见什么东西，除了一些忽飞忽落的小鸟。走了许久，远远地望见了迂回的、明如玻璃的一条带子。河！牛羊多起来，也看到了马群，隐隐有鞭子的轻响。快了，快到公社了。忽然，像被一阵风吹来的，远丘上出现了一群马，马上的男女老少穿着各色的衣裳，马疾驰，襟飘带舞，像一条彩虹向我们飞过来。这是主人来到几十里外，欢迎远客。见到我们，主人们立刻拨转马头，欢呼着，飞驰着，在汽车左右与前面引路。静寂的草原热闹起来：欢呼声，车声，马蹄声，响成一片。车、马飞过了小丘，看见了几座蒙古包。

蒙古包外，许多匹马，许多辆车。人很多，都是从几十里外乘马或坐车来看我们的。我们约请了海拉尔的一位女舞蹈员给我们做翻译。她的名字漂亮——水晶花。她就是陈旗的人，鄂温克族。主人们下了马，我们下了车。也不知道是谁的手，总是热乎乎地握着，握住不放。我们用不着水晶花同志给做翻译了。大家的语言不同，心可是一样。握手再握手，笑了再笑。你说你的，我说我的，总的意思都是民族团结互助！

也不知怎的，就进了蒙古包。奶茶倒上了，奶豆腐摆上了，主客都盘腿坐下，谁都有礼貌，谁都又那么亲热，一点不拘束。不大会儿，好客的主人端进来大盘子的手抓羊肉和奶酒。公社的干部向我们敬酒，七十岁的老翁向我们敬酒。正是：

祝福频频难尽意，举杯切切莫相忘！

我们回敬，主人再举杯，我们再回敬。这时候鄂温克姑娘们，戴着尖尖的帽儿，既大方，又稍有点羞涩，来给客人们唱民歌。我们同行的歌手也赶紧唱起来。歌声似乎比什么语言都更响亮，都更感人，不管唱的是什么，听者总会露出会心的微笑。

饭后，小伙子们表演套马、摔跤，姑娘们表演了民族舞蹈。客人们也舞的舞，唱的唱，并且要骑一骑蒙古马。太阳已经偏西，谁也不肯走。是呀！蒙汉情深何忍别，天涯碧草话斜阳！

人的生活变了，草原上的一切都也随着变。就拿蒙古包说吧，从前每被呼为"毡庐"，今天却变了样，是用木条与草秆做成的，为的是夏天住着凉爽，到冬天再改装。看那马群吧，既有短小精悍的蒙古马，也有高大的新种三河马——这种大马真体面，一看就令人想起"龙马精神"这类的话,并且想骑上它,驰骋万里。牛也改了种,有的重达千斤,乳房像小缸。牛肥草香乳如泉啊!并非浮夸。羊群里既有原来的大尾羊,也添了新种的短尾细毛羊,前者肉美,后者毛好。是的,人畜两旺,就是草原上的新气象之一。

渔　场

这些渔场既不在东海,也不在太湖,而是在祖国的最北边,离满洲里不远。我说的是达赉湖。若是有人不信在边疆的最北边还能够打鱼,就请他自己去看看。到了那里,他就会认识到祖国有多么伟大,而内蒙古也并不仅有风沙和骆驼,像前人所说的那样。内蒙古不是什么塞外,而是资源丰富的宝地,建设祖国必不可缺少的宝地!

据说:这里的水有多么深,鱼有多么厚。我们吃到湖中的鱼,非常肥美。水好,所以鱼肥。有三条河流入湖中,而三条河都经过草原,所以湖水一碧千顷——草原青未了,又到绿波前。湖上飞翔着许多白鸥。在碧岸、翠湖、青天、白鸥之间游荡着渔船,何等迷人的美景!

我们去游湖。开船的是一位广东青年,长得十分英俊,肩阔腰圆,一身都是力气。他热爱这片湖,不怕冬天的严寒,不管什么天南地北,兴高采烈地在这里工作。他喜爱文学,读过不少的文学名著。他不因喜爱文学而藏在温暖的图书馆里,他要碰碰北国冬季的坚冰,打出鱼来,支援各地。是的,内蒙古尽管有无穷的宝藏,若是没有人肯动手采取,便连鱼也会死在水里。可惜,我忘了这位好青年的姓名。我相信他会原谅我,他不会是因求名求利而来到这里的。

风景区

扎兰屯真无愧是塞上的一颗珍珠。多么幽美呀!它不像苏杭那么明媚,也没有天山万古积雪的气势,可是它独具风格,幽美得迷人。它几乎没有什么人工的雕饰,只是纯系自然的那么一些山川草木。谁也指不出哪里是一"景",可是谁也不能否认它处处美丽。它没有什么石碑,刻着什么什么烟树,或什么什么奇观。它只是那么纯朴的,大方的,静静的,等待着游人。没有游人呢,也没大关系。它并不有意地装饰起来,向游人索要诗词。它自己便充满了最纯朴的诗情词韵。

四面都有小山,既无奇峰,也没有古寺,只是那么静静地在青天下绣成一个翠环。环中间有一条河,河岸上这里多些,那里少些,随便地长着绿柳白杨。几头黄牛,一小群白羊,在有阳光的地方低着头吃草,并看不见牧童。也许有,恐怕是藏在柳荫下钓鱼呢。河岸是绿的。高坡也是绿的。绿色一直接上了远远的青山。这种绿色使人在梦里也忘不了,好像细致地染在心灵里。

绿草中有多少花呀。石竹,桔梗,还有许多说不上名儿的,都那么毫不矜持地开着各色的花,吐着各种香味,招来无数的风蝶,闲散而又忙碌地飞来飞去。既不必找小亭,也不必找石墩,就随便坐在绿地上吧。风儿多么清凉,日光可又那么和暖,使人在凉暖之间,想闭上眼睡去,所谓"陶醉",也许就是这样吧?

夕阳在山,该回去了。路上到处还是那么绿,还有那么多的草木,可是总看不厌。这里有一片荞麦,开着密密的白花;那里有一片高粱,在微风里摇动着红穗。也必须立定看一看,平常的东西放在这里仿佛就与众不同。正是因为有些荞麦与高粱,我们才越觉得全部风景的自自然然,幽美而亲切。看,那间小屋上的金黄的大瓜哟!也得看好大半天,仿佛向来也没有看见过!

是不是因为扎兰屯在内蒙古,所以才把五分美说成十分呢?一点也不是!我们不便拿它和苏杭或桂林山水做比较,但是假若非比一比不可的话,最公平的说法便是各有千秋。"天苍苍,野茫茫"在这里就越发显得不恰当了。我并非在这里单纯地宣传美景,我是要指出,并希望矫正以往对内蒙古的那种不正确的看法。知道了一点实际情况,像扎兰屯的美丽,或者就不至于再一听到"口外""关外"等名词,便想起八月飞雪,万里流沙,望而生畏了。

翡冷翠山居闲话

——徐志摩

在这里出门散步去,上山或是下山,在一个晴好的五月的向晚,正像是去赴一个美的宴会,比如去一个果子园,那边每株树上都是满挂着诗情最秀逸的果实,假如你单是站着看还不满意时,只要你一伸手就可以采取,可以恣尝鲜味,足够你性灵的迷醉。阳光正好暖和,绝不过暖;风息是温驯的,而且往往因为它是从繁花的山林里吹度过来,它带来一股幽远的淡香,连着一息滋润的水汽,摩挲着你的颜面,轻绕着你的肩腰,就这单纯的呼吸已是无穷的愉快;空气总是明净的,近谷内不生烟,远山上不起霭,那美秀风景的全部正像画片似的展露在你的眼前,供你闲暇的鉴赏。

做客山中的妙处,尤在你永不须踌躇你的服色与体态;你不妨摇曳着一头的蓬草,不妨纵容你满腮的苔藓;你爱穿什么就穿什么；扮一个牧童，扮一个渔翁，装一个农夫，装一个走江湖的吉卜赛，装个猎户；你再不必提心整理你的领结，你尽可以不用领结，给你的颈根与胸膛一半日的自由，你可以拿一条这边颜色的长巾包在你的头上，学一个太平军的头目，或是拜伦那埃及装的姿态，但最要紧的是穿上你最旧的鞋，别管它们模样不佳，它们是顶可爱的好友，它们承着你的体重却不叫你记起你还有一双脚在你的底下。

这样的玩顶好是不要约伴，我竟想严格地取缔，只许你独身；因为有了伴多少总得叫你分心，尤其是年轻的女伴，那是最危险、最专制不过的旅伴，你应得躲避她像你躲避青草里一条美丽的花蛇！平常我们从自己家里走到朋友的家里，或是我们执事的地方，那无非是在同一个大牢里从一间狱室移到另一间狱室去，拘束永远跟着我们，自由永远寻不到我们，但在这春夏间美秀的山中或乡间你要是有机会独身闲逛时，那才是你福星高照的时候，那才是你实际领受、亲口尝味、自由与自在的时候，那才是你肉体与灵魂行动一致的时候；朋友们，我们多长一岁年纪往往只是加重我们头上的枷，加紧我们脚胫上的链，我们见小孩子在草里、在沙堆里、在浅水里打滚作乐，或是看见小猫追它自己的尾巴，何尝没有羡慕的时候，但我们的枷，我们的链永远是制定我们行动的上司！所以只有你单身奔赴大自然的怀抱时，像一个裸体的小孩扑入他母亲的怀抱时，你才知道灵魂的愉快是怎样的，单是活着的快乐是怎样的，单就呼吸、单就走道、单就张眼看耸耳听的幸福是怎样的。因此你得严格地为己，极端地自私，只许你，体魄与性灵，与自然同在一个脉搏里跳动，同在一个音波里起伏，同在一个神奇的宇宙里自得。我们浑朴的天真是像含羞草似的娇柔，一经同伴的抵触，它就卷了起来，但在澄静的日光下，和风中，它的姿态是自然的，它的生活是无阻碍的。

你一个人漫游的时候，你就会在青草里坐地仰卧，甚至有时打滚，因为草的和暖的颜色自然地唤起你童稚的活泼；在静僻的道上你就会不自主地狂舞，看着你自己的身影幻出种种诡异的变相，因为道旁树木的阴影在它们纤徐的婆娑里暗示你舞蹈的快乐；你也会得信口地歌唱，偶尔记起断片的音调，与你自己随口的小曲，因为树林中的莺燕告诉你春光是应得赞美的；更不必说你的胸襟自然会跟着漫长的山径开拓，你的心地会看着澄蓝的天空静定，你的思想和着山壑间的水声，山罅里的泉响，有时一澄到底的清澈，有时激起成章的波动，流，流，流入凉爽的橄榄林中，流入妩媚的阿诺河去……

并且你不但不须应伴，每逢这样的游行，你也不必带书。书是理想的伴侣，但你应得带书，是在火车上，在你住处的客室里，不是在独身漫步的时候。什么伟大的、深沉的、鼓舞的、清明的、优美的、思想的根源不是可以在风籁中、云彩里、山势与地形的起伏里、花草的颜色与香息里寻得？自然是最伟大的一部书，歌德说，在他每一页的字句里我们读得最深奥的消息。并且这书上的文字是人人懂得的；阿尔帕斯[1]与五老峰，雪西里[2]与普陀山，来因河[3]与扬子江，梨梦湖[4]与西子湖，建兰与花，杭州西溪的芦雪与威尼市[5]夕照的红潮，百灵与夜莺，更不提一般黄的黄麦，一般紫的紫藤，一般青的青草同在大地上生长，同在和风中波动——它们应用的符号是永远一致的，它们的意义是永远明显的，只要你自己心灵上不长疮瘢，眼不盲，耳不塞，这无形迹的最高等教育便永远是你的名分，这不取费的最珍贵的补剂便永远供你的受用；只要你认识了这一部书，你在这世界上寂寞时便不寂寞，穷困时不穷困，苦恼时有安慰，挫折时有鼓励，软弱时有督责，迷失时有南针[6]。

---

1 通译阿尔卑斯。——编者
2 通译西西里。地中海最大的岛。——编者
3 通译莱茵河。欧洲的一条河流。——编者
4 通译莱芒湖，即日内瓦湖。——编者
5 通译威尼斯。意大利东北部港市。——编者
6 即指南针。——编者

巩乃斯的马

————周涛

没话找话就招人讨厌,话说得没意思就让人觉得无聊,还不如听吵架提神。吵架骂仗是需要激情的。

我发现,写文章的时候就像一匹套在轭具和辕木中的马,想到那片水草茂盛的地方去,却不能摆脱道路,更摆脱不了车夫的驾驭,所以走来走去,永远在这条枯燥的路面上。

我向往草地,但每次走到的,却总是马厩。

我一直对不爱马的人怀有一点偏见,认为那是由于生气不足和对美的感觉迟钝所造成的,而且这种缺陷很难弥补。有时候读传记,看到有些了不起的人物以牛或骆驼自喻,就有点替他们惋惜,他们一定是没见过真正的马。

在我眼里,牛总是有点落后的象征的意思,一副安贫知命的样子，这大概是由于过分提倡"老黄牛"精神引起的生理反感。骆驼却是沙漠的怪胎，为了适应严酷的环境，把自己改造得那么丑陋畸形。至于毛驴，顶多是个黑色幽默派的小丑，难当大用。它们的特性和模样，都清清楚楚地写着人类对动物的征服，生命对强者的屈服，所以我不喜欢。它们不是作为人类朋友的形象出现的，而是俘虏，是仆役。有时候，看到小孩子鞭打牛，高大的骆驼在妇人面前下跪，发情的毛驴被缚在车套里龇牙大鸣，我心里便产生一种悲哀和怜悯。

那卧在盐车之下哀哀嘶鸣的骏马和诗人臧克家笔下的"老马"，不也是可悲的吗？但是不同。那可悲里含有一种不公，这一层含义在别的畜生中是没有的。在南方，我也见到过矮小的马，样子有些滑稽，但那不是它的过错。既然橘树有自己的土壤，马当然有它的故乡了。自古好马生塞北。在伊犁，在巩乃斯大草原，马作为茫茫天地之间的一种尤物，便呈现了它的全部魅力。

那是一九七〇年，我在一个农场接受"再教育"，第一次触摸到了冷酷、丑恶、冰凉的生活实体。不正常的政治气息像潮闷险恶的黑云一样压在头顶上，使人压抑到不能忍受的地步。高强度的体力劳动并不能打击我对生活的热爱，精神上的压抑却有可能摧毁我的信念。

终于有一天夜晚，我和一个外号叫"蓝毛"的长着古希腊人脸型的上士一起爬起来，偷偷摸进马棚，解下两匹喉咙里滚动着咳咳低鸣的骏马，在冬夜旷野的雪地上奔驰开了。

　　天低云暗，雪地一片模糊，但是马不会跑进巩乃斯河里去。雪原右侧是巩乃斯河，形成了沿河的一道陡直的不规则的土壁。光背的马儿驮着我们在土壁顶上的雪原轻快地小跑，喷着鼻息，四蹄发出"嚓嚓"的有节奏的声音，最后大颠着狂奔起来。随着马的奔驰、起伏、跳跃和喘息，我们的心情变得开朗、舒展，压抑消失，豪兴顿起。在空旷的雪野上打着呼哨乱喊，在颠簸的马背上感受自由的亲切和驾驭自己命运的能力，是何等痛快舒畅啊！我们高兴得大笑，笑得从马背上栽下来，躺在深雪里还是止不住地狂笑，直到笑得眼睛里流出了泪水……

　　那两匹可爱的光背马，这时已在近处缓缓停住，低垂着脖颈，一副歉疚地想说"对不起"的神态，它们温柔的眼睛里仿佛充满了怜悯和抱怨，还有一点诧异，弄不懂我们这两个人究竟是怎么了。我拍拍马的脖颈，抚摸一会儿它的鼻梁和嘴唇，它会意了，抖抖鬃毛像抖掉疑虑，跟着我们慢慢走回去。一路上，我们谈着马，闻着身后热烘烘的马汗味和四围里新鲜刺鼻的气息，觉得好像不是走在冬夜的雪原上。

　　马能给人以勇气，给人以幻想，这也不是笨拙的动物所能有的。在巩乃斯后来的那些日子里，观察马渐渐成了我的一种艺术享受。

　　我喜欢看一群马，那是一个马的家族在夏牧场上游移，散乱而有秩序，首领就是那里面一眼就望得出的种公马，它是马群的灵魂。作为这群马的首领当之无愧，因为它的确是无与伦比地强壮和美丽，匀称高大，毛色闪闪发光，最明显的特征是颈上披散着垂地的长鬃，有的浓黑，流泻着力与威严；有的金红，燃烧着火焰般的光彩。它管理着保护着这群牝马和顽皮的长腿短身子马驹儿，眼光里保持着父爱般的尊严。

在马的这种社会结构中，首领的地位是由强者在竞争中确立的，任何一匹马都可以争雄，通过追逐、撕咬、拼斗，使最强的马成为公认的首领。为了保证这群马的品种不至于退化，就不能搞"指定"，不能看谁和种公马的关系好，也不能凭血缘关系接班。

生存竞争的规律使一切生物把生存下去作为第一意识，而人却有时候会忘记，造成许多误会。

唉，天似穹庐，笼盖四野。在巩乃斯草原度过的那些日子里，我与世界隔绝，生活单调；人与人互相警惕，唯恐失一言而遭灭顶之祸，心灵寂寞。只有一个乐趣——看马。好在巩乃斯草原马多，不像书可以被焚，画可以被禁，知识可以被践踏，马总不至于被驱逐出境吧？这样，我就从马的世界里找到了奔驰的诗韵，辽阔草原的油画，夕阳落照中兀立于荒原的群雕，大规模转场时铺散在山坡上的好文章，熊熊篝火边的通宵马经。毡房里悠长喑哑的长歌在烈马苍凉的嘶鸣中展开，醉酒的青年哈萨克在群犬的追逐中纵马狂奔，东倒西歪地俯身鞭打猛犬，这一切使我蓦然感受到生活不朽的壮美和那时潜藏在我们心里的共同忧郁……

噢，巩乃斯的马，给了我一个多么完整的世界！凡是那时被取消的，你都重新给予了我！弄得我直到今天听到马蹄踏过大地的有力声响时，还会在屋子里坐卧不宁，总想出去看看是一匹什么样的马走过去了。而且我还听不得马嘶，一听到那铜号般高亢、鹰啼般苍凉的声音，我就热血陡涌、热泪盈眶，大有战士出征走上古战场，"风萧萧兮易水寒"的悲壮之慨。

有一次，我碰上巩乃斯草原夏日迅疾猛烈的暴雨，那雨来势之快，可以使悠然在晴空盘旋的孤鹰来不及躲避而被击落，雨脚之猛，竟能把牧草覆盖的原野一瞬间打得烟尘滚滚。就在那场短暂暴雨的豪打下，我见到了最壮阔的马群奔跑的场面。仿佛分散在所有山谷里的马都被赶到这儿来了，好家伙，被暴雨的长鞭抽打着，被低沉的怒雷恐吓着，被刺进大地倏忽消逝的闪电激奋着，马，这不肯安分的牲灵从无数谷口、山坡涌出来，山洪奔泻似的在这原野上汇集了，小群汇成大群，大群在运动中扩展，成为一片喧叫、纷乱、快速移动的集团冲锋场面！争先恐后，前呼后应，披头散发，淋漓尽致！有的疯狂地向前奔驰，像一队尖兵，要去踏住那闪电；有的来回奔跑，俨然临危不惧、收拾残局的大将；小马跟着母马认真而紧张地跑，不再顽皮、撒欢，一下子变得老练了许多；牧人在不可收拾的"潮水"中被裹挟，大喊大叫，却毫无声响，他的喊声像一块小石片跌进奔腾喧嚣的大河。

雄浑的马蹄声在大地奏出鼓点，悲怆苍劲的嘶鸣、叫喊在拥挤的空间碰撞、飞溅，画出一条条不规则的曲线，扭住、缠住漫天雨网，和雷声雨声交织成惊心动魄的大舞台。而这一切，得在飞速移动中展现，几分钟后，马群消失，暴雨停歇，你再看不见了。

我久久地站在那里，发愣、发痴、发呆。我见到了，见过了，这世间罕见的奇景，这无可替代的伟大的马群，这古战场的再现，这交响乐伴奏下的复活的雕塑群和油画长卷！我把这几分钟间见到的记在脑子里，相信，它所给予我的将使我终身受用不尽……

马就是这样，它奔放有力却不让人畏惧，毫无凶暴之相；它优美柔顺却不任人随意欺凌，并不懦弱，我说它是进取精神的象征，是崇高感情的化身，是力与美的巧妙结合恐怕也并不过分。屠格涅夫有一次在他的庄园里说托尔斯泰"大概您在什么时候当过马"，因为托尔斯泰不仅爱马、写马，并且坚信"这匹马能思考并且是有感情的"。它常和历史上的那些伟大的人物、民族的英雄一起被铸成铜像屹立在最醒目的地方。

过去我认为，只有《静静的顿河》才是马的史诗；离开巩乃斯之后，我不这么看了。巩乃斯的马，这些古人称之为骐骥、称之为汗血马的英气勃勃的后裔们，日出而撒欢，日入而哀鸣，它们好像永远是这样散漫而又有所期待，这样原始而又有感知，这样不假雕饰而又优美，这样我行我素而又不会被世界所淘汰。成吉思汗的铁骑作为一个兵种已经消失,"六根棍"马车作为一种代步工具已被淘汰,但是马却不会被什么新玩意儿取代,它们有它们的价值。

牛从挽用变为食用,仍然是实用物;毛驴和骆驼将会成为动物园里的展览品,因为它们只会越来越稀少;而马,当车辆只是在实用意义上取代了它们、解放了它们的时候,它们从实用物进化为一种艺术品的时候恰恰开始了。

值得自豪的是我们中国有好马。从秦始皇的兵马俑、铜车马到唐太宗的六骏,从马踏飞燕的奇妙构想到大宛汗血马的美妙传说,从关云长的赤兔马到朱德总司令的长征坐骑……纵览马的历史,还会发现它和我们民族的历史紧密相连着。这也难怪,骏马与武士与英雄本有着难以割舍的亲缘关系呢,彼此作用的相互发挥、彼此气质的相互补益,曾创造出多少叱咤风云的壮美形象。纵使有一天马终于脱离了征战这一辉煌事业,人们也随时会从军人的身上发现马的神韵和遗风。我们有多少关于马的故事啊,我们是十分爱马的民族呢。至今,如同我们的一切美好的传统都像黄河之水似的遗传下来那样,我们的历代名马的筋骨、血脉、气韵、精神也都遗传下来了。那种"龙马精神",就在巩乃斯的良种马身上——

此马非凡马,房星本是星;
向前敲瘦骨,犹自带铜声。

我想，即便我一直固执地对不爱马的人怀一点偏见，恐怕也是可以得到谅解的吧。

一九八四年

辑四

梨花的瓣子是月亮做的

都说梨花像雪,其实苹果花才像雪。

雪是厚重的,不是透明的。

梨花像什么呢?——梨花的瓣子是月亮做的。

听雨

——季羡林

（一）

从一大早就下起雨来。下雨，本来不是什么稀罕事，但这是春雨，俗话说："春雨贵如油。"而且又在罕见的大旱之中，其珍贵就可想而知了。

"润物细无声"，春雨本来是声音极小极小的，小到了"无"的程度。但是，我现在坐在隔成了一间小房子的阳台上，顶上有块大铁皮。楼上滴下来的檐溜就打在这铁皮上，打出声音来，于是就不"细无声"了。按常理说，我坐在那里，同一种死文字拼命，本来应该需要极静极静的环境，极静极静的心情，才能安下心来，进入角色,来解读这天书般的玩意儿。这种雨敲铁皮的声音应该是极为讨厌的,是必欲去之而后快的。

然而,事实却正相反。我静静地坐在那里,听到头顶上的雨滴声,此时有声胜无声,我心里感到无量的喜悦,仿佛饮了仙露,吸了醍醐,大有飘飘欲仙之慨了。这声音时慢时急,时高时低,时响时沉,时断时续,有时如金声玉振,有时如黄钟大吕,有时如大珠小珠落玉盘,有时如红珊白瑚沉海里,有时如弹素琴,有时如舞霹雳,有时如百鸟争鸣,有时如兔落鹘起,我浮想联翩,不能自已,心花怒放,风生笔底。死文字仿佛活了起来,我也仿佛又溢满了青春活力。我平生很少有这样的精神境界,更难为外人道也。

在中国,听雨本来是雅人的事。我虽然自认还不是完全的俗人,但能否就算是雅人,却还很难说。我大概是介乎雅俗之间的一种动物吧。中国古代诗词中,关于听雨的作品是颇有一些的。顺便说上一句:外国诗词中似乎少见。我的朋友章用回忆表弟的诗中有"频梦春池添秀句,每闻夜雨忆联床",是颇有一点诗意的。连《红楼梦》中的林妹妹都喜欢李义山的"留得残荷听雨声"之句。最有名的一首听雨的词当然是宋蒋捷的《虞美人》,词不长,我索性抄它一下:

少年听雨歌楼上,红烛昏罗帐。壮年听雨客舟中,江阔云低,断雁叫西风。

而今听雨僧庐下,鬓已星星也。悲欢离合总无情,一任阶前，点滴到天明。

　　蒋捷听雨时的心情，是颇为复杂的。他是用听雨这一件事来概括自己的一生的，从少年、壮年一直到老年，达到了"悲欢离合总无情"的境界。但是，古今对老的概念，有相当大的差异。他是"鬓已星星也"，有一些白发，看来最老也不过五十岁左右。用今天的眼光看，他不过是介乎中老之间，用我自己比起来，我已经到了望九之年，鬓边早已不是"星星也"，顶上已是"童山濯濯"了。要讲达到"悲欢离合总无情"的境界，我比他有资格。我已经能够"纵浪大化中，不喜亦不惧"了。

　　可我为什么今天听雨竟也兴高采烈呢？这里面并没有多少雅味，我在这里完全是一个"俗人"。我想到的主要是麦子，是那辽阔原野上的青青的麦苗。我生在乡下，虽然六岁就离开，谈不上干什么农活，但是我拾过麦子，捡过豆子，割过青草，劈过高粱叶。我血管里流的是农民的血，一直到今天垂暮之年，毕生对农民和农村怀着深厚的感情。农民最高的希望是多打粮食。天一旱，就威胁着庄稼的成长。即使我长期住在城里，下雨一少，我就望云霓，自谓焦急之情，绝不下于农民。北方春天，十年九旱。今年似乎又旱得邪行。我天天听天气预报，时时观察天上的云气。忧心如焚，徒唤奈何。在梦中也看到的是细雨蒙蒙。

　　今天早晨，我的梦竟实现了。我坐在这长宽不过几尺的阳台上，听到头顶上的雨声，不禁神驰千里，心旷神怡。在大大小小、高高低低、有的方正、有的歪斜的麦田里，每一个叶片都仿佛张开了小嘴，尽情地吮吸着甜甜的雨滴，有如天降甘露，本来有点黄萎的，现在变青了。本来是青的，现在更青了。宇宙间凭空添了一片温馨，一片祥和。

我的心又收了回来，收回到了燕园，收回到了我楼旁的小山上，收回到了门前的荷塘内。我最爱的二月兰正在开着花。它们拼命从泥土中挣扎出来，顶住了干旱，无可奈何地开出了红色的、白色的小花，颜色如故，而鲜亮无踪，看了给人以孤苦伶仃的感觉。在荷塘中，冬眠刚醒的荷花，正准备力量向水面冲击。水当然是不缺的。但是，细雨滴在水面上，画成了一个个小圆圈，方逝方生，方生方逝。这本来是人类中的诗人所欣赏的东西，小荷花看了也高兴起来，劲头更大了，肯定会很快地钻出水面。

我的心又收近了一层，收到了这个阳台上，收到了自己的腔子里，头顶上叮当如故，我的心情怡悦有加。但我时时担心，它会突然停下来。我潜心默祷，祝愿雨声长久响下去，响下去，永远也不停。

(二)

我大概对雨声情有独钟，我曾写过一篇《听雨》，现在又写《听雨》。

从凌晨起，外面就下起小雨来。我本来有几张桌子，供我写作之用；我却偏偏选了阳台上铁皮封顶下的一张。雨滴和檐溜敲在上面，叮当作响。小保姆劝我到屋里面另一张临窗的大桌旁去写作，说是那里安静。焉知我觉得在阳台上，在雨声中更安静。王籍诗："鸟鸣山更幽。"有人以为奇怪：鸟不鸣不是比鸣更为幽静吗？山中这样的经验我没有，雨中这样的经验我却是有的。我觉得"雨响室更幽"，眼前就是这样。

　　我伏在桌旁，奋笔疾书，上面铁皮上雨点和檐溜敲打得叮叮当当，宛如白居易《琵琶行》的琵琶声，"大珠小珠落玉盘"，其声清越，缓急有节，敲打不停，似有间歇。其声不像贝多芬的音乐，不像肖邦的音乐，不像莫扎特的音乐，不像任何大音乐家的音乐；然而谛听起来，却真又像贝多芬，像肖邦，像莫扎特。我听而乐之，心旷神怡，心灵中特别幽静，文思如泉水涌起，深深地享受着写作的情趣。

　　悠然抬头，看到窗外，浓绿一片，雨丝像玉帘一般，在这一片浓绿中画上了线。新荷初露田田叶，垂柳摇曳丝丝烟，几疑置身非人间。

　　我当然会想到小山上我那些野草间花的植物朋友，它们当然也绝不会轻易放过这样的天赐良机，尽量张大了嘴，吮吸这些从天上滴下来的甘露，为来日抵抗炎阳做好准备。

　　我头顶上滴声未息，而阳台上幽静有加，我仿佛离开了嘈杂的尘寰，与天地万物合为一体。

阳光容器

——周涛

阳光从清冽、蔚蓝的天空中泼洒下来的时候,仿佛是被一个透彻的、空明而又高贵的容器过滤了。它看起来还是那样炽烈,那样明晃晃的,和所有正午的阳光一样炫目,但它其实已经不再灼烫闷人了。它从高空垂落下来,光芒四溅,游动跳跃,从这朵花转瞬蹿到那朵花,从这片草丛倏忽掠向那片草丛,依然可人和煦,但带着清新可爱的滋味,像一团充盈在天地之间的光芒的水流。

草原塌陷或隆起在一些山岗旁边,线条流畅自然地结合着,宛如床和枕头的关系。

远些的背景上,裸露出白岩石的山壁峻峭地雕刻出一些模糊粗犷的脸型,奇特地、一动不动地盯视着草原,表情怪异。

再远,钢蓝色的山体便从浓艳的绿野中分离出来,组合成天边的一列坚硬而又披挂了深雪的高大尖顶营帐；它们总能被人一眼望见，却让人总也走不近它们。这些耸立天庭的雪峰和草原浓艳的夏天离得似乎是太近了，近得令人不敢相信，这就使这些巨大的实体看起来很像是假的。纯钢一般湛蓝的山体，耸峙并插进蓝得宁静明洁的天空。两种蓝，高度和谐而又截然不同，你无法说清这两种质地的蓝是怎样在空间里被鲜明区分的。

　　阳光正是从这样一种蓝得发亮的容器中倾泻下来，恣意地溅洒在草地上，饱满充沛，看样子不像是能够枯竭、不会有光芒泻尽的日子。

　　这些光芒的瀑雨无声地向下降落，无声而缓慢，均匀而有力，一俟接触地面，触碰到白的岩石和各种颜色的明媚的野花，便会在花瓣的光彩上惊跳起来，反弹并四处迸溅，光芒像是撞碎散开的水珠，向各个方向惊跳，滑出优美的弧度，纠缠、交织，在宁静无人的夏季牧场上织出一片炫目的、灿烂的光芒彩雨。这奢华的、浪费的阳光，正独自毫无目的地倾泻着，仅仅是为了漫无边际的茂盛的牧草繁荣滋长。

　　牧草长深了。滩上或山坡上的草已经没过了足踝，偶然有些地方裸露出小块未被草植遮盖的地皮，好像是大自然的随意和疏漏；山岗顶上的牧场正透着阴凉之气，草长得更深厚，已经可以陷没人的膝盖。

　　草原这时是一位画家，但只是画家而并不同时又是音乐家。它在这块大画布上涂抹油彩的时候,是非常愿意宁静的,在它色块汹涌奔流的空间里,任何细微的声响都能成为注意的中心。光斑在花朵上弹射、迸溅,却在草色深浅中被吸收,被融入,阳光渗入绿色的时候就好像水珠渗入厚壤那么容易。

有时候蓦然间会从天空中跌落下来一两只黄鸭,嘎嘎地大叫着,扑啦啦扇动着两张短翅膀。从蓝色晴空的说不清哪处缝隙间跌落下来,嘎嘎的大叫声和翅膀的扑扇声回荡震颤在原野山岗上,惊天动地,使人惊奇那么小的生物何以竟会发出如此之大的声响。黄鸭很像一个笨重、金黄的傻瓜,不慎从云朵上一脚踏空,滑着弧度栽落下来,穿过光芒交织的彩雨,直向下跌,它嘎嘎的怪叫声仿佛是在大喊"救命"。结果,它一着地,就摇摆着屁股跌跌撞撞地走进草丛里不见了,虚惊一场。

还有时候,会有三五只天鹅像一组大型客机在草滩上降落。它们不大怪叫,只是平稳地飞行着,渐渐降低,互相仿佛商量了一下,然后沿着一个看不见的斜度轻盈而下,保持着飞行距离,着陆;它们像银子铸就的一般,把自己优美的身体合适地放在碧绿草毯的陪衬之中。

然而这一切并不引起草原的格外注意。它仍然宁静,光芒炫目或者因一朵云影的移动而暗转阴凉。

山岗在远处盘绕着。

几匹像是失散的无家可归的马,悠闲地甩着长尾——尾巴上粘着刺球、草秆——驱赶蚊蝇。它们谁也不搭理谁,谁也不想独自走得太远,就那么吃着草,偶或扬起长鬃披散的颈子来怅望一下远方,像一伙子离家出走有些后悔但又想不起家来的流浪汉。

山岗依然在远处盘绕着,没有移动。

草的生机使它毛茸茸的、湿漉漉的,像是伏卧在那里的蜗牛,很久很久,它都没有动一下。巩乃斯河流得非常平静,随着地势的起伏偶尔闪露出一段水流,光芒并不耀目。它的拐弯处或平阔处长满了大片的芦苇,遮掩着它,使它像一个藏而不露、很有心计的动物。

离河不远的略微高起的坡地上,正露出一排土房子。

葡萄月令

——汪曾祺

一月，下大雪。

雪静静地下着。果园一片白。听不到一点声音。

葡萄睡在铺着白雪的窖里。

二月里刮春风。

立春后，要刮四十八天"摆条风"。风摆动树的枝条，树醒了，忙忙地把汁液送到全身。树枝软了。树绿了。

雪化了，土地是黑的。

黑色的土地里，长出了茵陈蒿。碧绿。

葡萄出窖。

把葡萄窖一锹一锹挖开。挖下的土，堆在四面。葡萄藤露出来了，乌黑的。有的梢头已经绽开了芽苞，吐出指甲大的苍白的小叶。它已经等不及了。

把葡萄藤拉出来,放在松松的湿土上。

不大一会儿,小叶就变了颜色,叶边发红;——又不大一会儿,绿了。

三月,葡萄上架。

先得备料。把立柱、横梁、小棍,槐木的、柳木的、杨木的、桦木的,按照树棵大小,分别堆放在旁边。立柱有汤碗口粗的、饭碗口粗的、茶杯口粗的。一棵大葡萄得用八根、十根,乃至十二根立柱。中等的,六根、四根。

先刨坑,竖柱。然后搭横梁,用粗铁丝摽紧。然后搭小棍,用细铁丝缚住。

然后,请葡萄上架。把在土里趴了一冬的老藤扛起来,得费一点劲儿。大的,得四五个人一起来。"起!——起!"哎,它起来了。把它放在葡萄架上,把枝条向三面伸开,像五个指头一样地伸开,扇面似的伸开。然后,用麻筋在小棍上固定住。葡萄藤舒舒展展,凉凉快快地在上面待着。

上了架,就施肥。在葡萄根的后面,距主干一尺,挖一道半月形的沟,把大粪倒在里面。葡萄上大粪,不用稀释,就这样把原汁大粪倒下去。大棵的,得三四桶。小葡萄,一桶也就够了。

四月,浇水。

挖窖挖出的土,堆在四面,筑成垄,就成一个池子。池里放满

115

了水。葡萄园里水汽泱泱,沁人心肺。

葡萄喝起水来是惊人的。它真是在喝!葡萄藤的组织跟别的果树不一样,它里面是一根一根细小的导管。这一点,中国的古人早就发现了。《图经》云:"根苗中空相通。圃人将货之,欲得厚利,暮溉其根,而晨朝水浸子中矣,故俗呼其苗为木通。""暮溉其根,而晨朝水浸子中矣"是不对的。葡萄成熟了,就不能再浇水了。再浇,果粒就会涨破。"中空相通"却是很准确的。浇了水,不大一会儿,它就从根直吸到梢,简直是小孩嘬奶似的拼命往上嘬。浇过了水,你再回来看看吧:梢头切断过的破口,就嗒嗒地往下滴水了。

是一种什么力量使葡萄拼命地往上吸水呢?

施了肥,浇了水,葡萄就使劲儿抽条、长叶子。真快!原来是几根枯藤,几天工夫,就变成青枝绿叶的一大片。

五月,浇水、喷药、打梢、掐须。

葡萄一年不知道要喝多少水,别的果树都不这样。别的果树都是刨一个"树碗",往里浇几担水就得了,没有像它这样的:"漫灌",整池子地喝。

喷波尔多液。从抽条长叶,一直到坐果成熟,不知道要喷多少次。喷了波尔多液,太阳一晒,葡萄叶子就都变成蓝的了。

葡萄抽条,丝毫不知节制,它简直是瞎长!几天工夫,就抽出好长的一节的新条。这样长法还行呀,还结不结果呀?因此,过几天就得给它打一次条。葡萄打条,也用不着什么技巧,是个人就能干,拿起树剪,噼噼啪啪,把新抽出来的一截都给它铰了就得了。一铰,一地的长着新叶的条。

葡萄的卷须,在它还是野生的时候是有用的,好攀附在别的什么树木上。现在,已经有人给它好好地固定在架上了,就一点用也没有了。卷须这东西最耗养分——凡是作物,都是优先把养分输送到顶端,因此,长出来就给它掐了,长出来就给它掐了。

葡萄的卷须有一点淡淡的甜味。这东西如果腌成咸菜,大概不难吃。

五月中下旬,果树开花了。果园美极了。梨树开花了,苹果树开花了,葡萄也开花了。

都说梨花像雪,其实苹果花才像雪。雪是厚重的,不是透明的。梨花像什么呢?——梨花的瓣子是月亮做的。

有人说葡萄不开花,哪儿能呢!只是葡萄花很小,颜色淡黄微绿,不钻进葡萄架是看不出的。而且它开花期很短。很快,就结出了绿豆大的葡萄粒。

六月,浇水、喷药、打条、掐须。

葡萄粒长了一点了,一颗一颗,像绿玻璃料做的纽子。硬的。

葡萄不招虫。葡萄会生病,所以要经常喷波尔多液。但是它不像桃,桃有桃食心虫;梨,梨有梨食心虫。葡萄不用疏虫果。——果园每年疏虫果是要费很多工的。虫果没有用,黑黑的一个半干的球,可是它耗养分呀!所以,要把它"疏"掉。

七月,葡萄"膨大"了。

掐须、打条、喷药,大大地浇一次水。

追一次肥。追硫铵。在原来施粪肥的沟里撒上硫铵。然后,就把沟填平了,把硫铵封在里面。

汉朝是不会追这次肥的,汉朝没有硫铵。

八月,葡萄"着色"。

你别以为我这里是把画家的术语借用来了。不是的。这是果农的语言,他们就叫"着色"。

下过大雨,你来看看葡萄园吧,那叫好看!白的像白玛瑙,红的像红宝石,紫的像紫水晶,黑的像黑玉。一串一串,饱满、瓷实、挺括,璀璨琳琅。你就把《说文解字》里的玉字偏旁的字都搬了来吧,那也不够用呀!

可是你得快来!明天,对不起,你全看不到了。我们要喷波尔多液了。一喷波尔多液,它们的晶莹鲜艳全都没有了,它们蒙上一层蓝纷纷、白糊糊的东西,成了磨砂玻璃。我们不得不这样干。葡萄是吃的,不是看的。我们得保护它。

过不两天,就下葡萄了。

一串一串剪下来,把病果、瘪果去掉,妥妥地放在果筐里。果筐满了,盖上盖,要一个棒小伙子跳上去蹦两下用麻筋缝的筐盖。——新下的果子,不怕压,它很结实,压不坏。倒怕是装不紧,咣里咣当的。那，来回一晃悠，全得烂!

葡萄装上车，走了。

去吧，葡萄，让人们吃去吧!

九月的果园像一个生过孩子的少妇，宁静、幸福而慵懒。

我们还给葡萄喷一次波尔多液。噢，下了果子，就不管了?人，总不能这样无情无义吧。

十月，我们有别的农活。我们要去割稻子。葡萄，你愿意怎么长，就怎么长着吧。

十一月。葡萄下架。

把葡萄架拆下来。检查一下，还能再用的，搁在一边。糟朽了的，只好烧火。立柱、横梁、小棍，分别堆垛起来。

剪葡萄条。干脆得很，除了老条，一概剪光。葡萄又成了一个大秃子。

剪下的葡萄条，挑有三个芽眼的，剪成二尺多长的一截，捆起来，放在屋里，准备明春插条。

其余的，连枝带叶，都用竹笤帚扫成一堆，装走了。

葡萄园光秃秃。

十一月下旬，十二月上旬，葡萄入窖。

这是个重活。把老本放倒，挖土把它埋起来。要埋得很厚实。外面要用铁锹拍平。这个活不能马虎。都要经过验收，才给记工。

葡萄窖，一个一个长方形的土墩墩。一行一行，整整齐齐地排

119

列着。风一吹，土色发了白。

这真是一年的冬景了。热热闹闹的果园，现在什么颜色都没有了。眼界空阔，一览无余，只剩下发白的黄土。

下雪了。我们踏着碎玻璃碴似的雪，检查葡萄窖，扛着铁锹。

一到冬天，要检查几次。不是怕别的，怕老鼠打了洞。葡萄窖里很暖和，老鼠爱往这里面钻。它倒是暖和了，咱们的葡萄可就受了冷啦！

一九八一年

栗和柿

——施蛰存

南寨是长汀郊外的一个大树林,但自从大学迁到这里来之后,它便成为一个公园了。我们很不容易使僻陋的山城里所有的一切变成都会里所有的。例如油灯,不可能改成电灯,条凳不可能改作沙发,但把一片树林改成公园是最容易的事。虽说如此,这公园里还没有一张长椅足以供给我们闲坐。因为此地原来有两个用国父及总裁的名字题名的公园,那里倒尽有几张长椅,甚至还有亭子,但我们宁愿喜欢这个没有坐处的树林。我们每天下午,当然是说晴和日子,总到那里去散步。既说是散步,长椅就不在我们的希望中了。何况,倘若真需要坐下来的话,草地上固然也使得,向乡下人家借一个条凳也并不为难。

我到这个小城里的第三天,就成为日常到那里去散步的许多人中间之一了。也许,现在我已成为去得最勤的一个了。这个季节,应当是最适宜于我们去散步的季节了,虽然在冬尾春初或许将更适宜些。因为这是一个绵延四五里,横亘一二里的柿、栗、梅三种树的果树林。那里的树,差不多可以说只有这三种,若说有第四种树木的话,那是指的少许几株桐子树,而这是稀少得往往被人们所忽略的。

  栗与柿是同一个季节的果木,秋风一起,它们的果实就开始硕大起来了。栗子成熟得早一些,柿子的成熟期却可以参差到两个月以上,因此,由于它们的合作,我们整个秋季的散步不觉得太寂寞了。当我最初看见树上一团团毛茸茸的栗球,不禁想起了杭州西湖的满觉陇,那是以桂花与栗子著名的一个山谷。是的,桂花也是秋季的植物,它给予我们的愉快是那些金黄色的、有酒味的花。不知谁有那么值得赞美的理想,在那山谷中栽满了这两种植物,使我们同时享受色、香、味三种官能的幸福。从这一方面想起来,我感到第一个栽种栗、柿而遗忘了桂树的长汀人,确是相形见绌了。

  栗子成熟的时候,它那长满了刚鬣的外皮自己会破裂的。但它的主人却不等到这时候,就把它取下来了。那是怕鸟雀和松鼠会趁它破裂的时候偷吃去。人们取栗子的方法是先用长竹竿打它下地,然后用一个长柄的竹钳子来夹起扔进一个大竹箩里去。这样,它虽然有可怕的刺毛,也无法逃免它的末劫了。我每天看见老妇人在仰面乱打那些结满了果实的树枝,而许多小孩子在抓着一个与他们的身子一样长的竹钳子奔走拣拾的时候,又不禁会忆起古诗"八月扑栗"的句子,这个"扑"字,真是体物会心而搜索出来的。

这几天,树上的栗子差不多完了,但市上却还在一批一批地出来。这是因为近年来外销不畅,而这又是一种可以久藏的干果。但是,抱歉得很,除了把它买来煮猪肉当菜吃之外,我却不很喜欢吃栗子。至于柿子呢,虽然从前也不很喜欢它,现在却非常欣赏它了。我发现我对于果物的嗜好,是与它的颜色或香味有关系的。栗子就因为特别缺乏这两个条件,所以始终被我摈斥了。这里,你也许会问我:柿子并不是近来才变成美丽的红色的,何以你到如今才嗜爱它呢?是的,这必须待我申述理由。原来我对于柿树的趣味,确是新近才浓厚起来的。记得幼小的时候,在我家的门前有一个荒废了的花园。那园里有一个小池塘,池塘旁边有一株大柿树。这是我所记得的平生看到的第一株柿树。不幸那柿树每年总结不到几十个果实,虽然叶子长得很浓密。当柿叶落尽的时候,树上再也看不见有什么柿子,于是在我的知识中,向来以为秋深时的柿树,也像其他早凋的树木一样,光光的只剩了空枝。

现在,我才知道不然。柿树原来是秋天最美的树。因为柿子殷红的时候,柿叶就开始被西风吹落了。当柿叶落尽的时候,挂满树枝的柿子就显露出它们的美丽来了。而且,这里的柿树的生殖力又那么强,在每一株树上,我们至少可以数到三百个柿子,倘若我们真有这股呆劲儿,愿意仔细去数一数的话。于是,你试想,每一株树上挂着三百盏朱红的小纱灯，而这树是绵延四五里不断的，在秋天的斜阳里，这该是多么美丽的风景啊！我承认，我现在开始爱吃柿子了。

但其理由并不是因为我发现了它有什么美味——事实上，曾经有许多柿子欺骗了我，使我的舌头涩了好久——而是因为我常常高兴在把玩它的时候憧憬着那秋风中万盏红灯的光景。俞平伯先生有过一联诗句曰[1]：

遥灯出树明如柿，

倦桨投波蜜似饧。

这上句我从前曾觉得有意思，但只是因为他把遥灯比作柿一般的明而已。至于"出树"这两个字的意思，却直到现在才琢磨到。可是一琢磨到之后，就觉得他把灯比之为柿，不如让我们把柿比之为灯更有些风趣了。

当这成千累万的小红纱灯在秋风中一盏一盏地熄灭掉，直到最后一盏也消逝的时候，人们也许会停止到那里去散步了。于是天天刮着北风，雨季侵袭我们了。在整天的寒雨中，那些梅树会首先感

---

[1] 此处疑为作者误记。"遥灯出树明如柿"是一个断句，俞平伯对的是"倦桨投波密过饧"。——编者

觉到春意，绽放一朵朵小小的白花了。我怀疑梅花开的时候，是否能使我觉得这个公园比柿子树结实的时候更为美丽？因为我仿佛觉得梅树是栽得最少的一种。但一个已在这公园中散步了三年的同事告诉我，并且给我担保，梅树的确比栗树和柿树更多。他说："当梅花盛开的时候，你不会看见柿树了，正如你在此刻不看见梅树一样。至于栗树呢，即使当它结实的时候，也唯有从山上，或最好是飞机上，才看得出来。"

既然人人都说这公园里的梅花是一个大观，当然我应该被说服了。好在距离梅花的季节也不远了，关于那时候的景色，我必须等亲自经验过后才敢描写。不过，使我奇怪的是，本地人仿佛并不看重他们的梅花。他们的观念跟我们不同。我们在一提起梅树的时候，首先就想到梅花，或者更从"疏影横斜水清浅"这诗句，联想到林和靖、孤山、放鹤亭，等等；而他们所想到的却是梅子。我们直觉地把栗与柿当作果树，而把梅当作花树。他们却把这三者一例看待。我想，即使柿与栗都能长出美艳的花来，也不至于改变了他们的观念。因为花与他们的生活没有关系。一个摘柿子的妇人曾经对我说，明年是梅子的熟年，市上将有很好的糖霜梅和盐梅。她并且邀我明年去买她的梅子，但是她始终没有邀我在新年里去看梅花。多么现实的老百姓啊！

夏天的瓶供

——周瘦鹃

凡是爱好花木的人,总想经常有花可看,尤其是供在案头,可以朝夕坐对,而使一室之内也增加了生气。供在案头的,当然最好是盆栽和盆景;如果条件不够,或佳品难得,那么有了瓶供,也可以过过花瘾。

对于瓶供的爱好,古已有之。如宋代诗人张道洽《瓶梅》云:

寒水一瓶春数枝,清香不减小溪时。
横斜竹底无人见,莫与微云澹月知。

徐献可《书斋》云:

十日书斋九日扃，春晴何处不闲行。

瓶花落尽无人管，留得残枝叶自生。

方回《惜砚中花》云：

花担移来锦绣丛，小窗瓶水浸春风。

朝来不忍轻磨墨，落砚香粘数点红。

这与我的情况恰恰相同，紫罗兰庵南窗下的书桌上，四时不断地供着一瓶花，瓶下恰有一方端砚，花瓣往往落在砚上，我也往往不忍磨墨，生怕玷污了它，足见惜花人的心理，是约略相同的。

说到夏天的瓶供，我是与盆供并重的。从园子里的细种莲花开放之后，就陆续采来供在爱莲堂中央的桌子上，如洒金、层台、大绿、粉千叶等，都是难得的名种。我轮替地用一只古铜大圆瓶、一只雍正黄瓷大胆瓶和一只紫红瓷窑变的扁方瓶来插供，以花的颜色来配瓶的颜色，务求其调和悦目。单单插了莲花还不够，更要采三片小样的莲叶来搭配着，花二朵或三朵，配上了三片叶子，插得有高有低，有直有欹，必须像画家笔下画出来的一样。倘有一朵花先谢了，剩下一只小莲蓬，仍然留在瓶里，再去采一朵半开的花来补缺，这样要连续插供到细种莲花全部开完后为止。在这一个多月的时间里，我把这一大瓶高花大叶的莲花用树根几或红木几高供中央，总算不辜负了"爱莲堂"这块老招牌；而上面挂着的，恰又是林伯希老画师所画的一幅《爱莲图》，更觉相映成趣。

除了瓶供的莲花之外，还有瓶供的菖兰。菖兰的色彩是多种多样的，有白、红、淡黄、深黄、洒金、茄紫诸色。而我园中有一种深紫而有绒光的，更为富丽。我也将花与瓶的颜色互相配合，互相衬托，花以三枝、五枝或七枝为规律，再插上几片叶，高低疏密，都须插得适当，看上去自有画意。有时瓶用得腻了，便改用一只明代瓯瓷的长方形小型水盘，插上三五枝小样的菖兰，衬以绿叶，配上大小拳石两块，更觉幽雅入画了。

我爱用水盘插花，觉得比用瓶来插花更有趣味。除了菖兰，无论大丽、月季、蜀葵等，都是夏天常见的，都可用水盘来插；不过叶子也需要，再用拳石或书带草来衬托，那是更富于诗情画意了。爱莲堂里有一只长方形的白石大水盘，下有红木几座，落地安放着，我在盘的右边竖了一块二尺高的英石奇峰，像个独秀峰模样，盘中盛满了水，撒满了碧绿的小浮萍。清早到园子里，采了大石缸中刚开放的大红色睡莲二三朵和小样的莲叶三五张，回来放在水盘里，就好像把一个小小的莲塘搬到了屋子里来，徘徊观赏，真的是"心上莲花朵朵开"了。每天傍晚，只要把闭拢了的花朵撩起来，放在露天的浅水盆中过夜，明天早上，花依然开放，依然放到水盘里。天天这样做，可以持续三四天。

明代小品文专家袁宏道中郎对于插花很有研究，曾作《瓶史》

一书，传诵至今，并曾流入日本。日本人也擅长插花，称为"花道"，得中郎《瓶史》，当作枕中秘宝，并且学习他的插花方法，自成一派，叫作"宏道流"。他们对于夏天的瓶供，如插菖兰、蝴蝶花、莲花等，都很自然，可是对于国家大典中所用以装饰的瓶供或水盘，却矫揉造作，一无足取了。谱嫂俞碧如，曾从日本花道女专家学插花，取长舍短，青出于蓝，每到我家来时，总要给我在瓶子里或水盘里一显身手，和她那位精于审美的爱人反复商讨，一丝不苟。可惜她已于去年暮春落花时节一病不起。我如今见了她给我插过花的瓶尊水盘，如过黄公之垆，为之腹痛！

上海花店中，折枝花四季不断，倘要做瓶供，真是取之不尽，用之不竭，并且有不少插花的专家，可做顾问，家庭中明窗净几，倘有二三瓶供做点缀，也可以一餍馋眼，一洗尘襟了。

牵牛花

——叶圣陶

手种牵牛花,接连有三四年了。水门汀地没法下种,种在十来个瓦盆里。泥是今年又明年反复用着的,无从取得新的泥来加入,曾与铁路轨道旁种地的那个北方人商量,愿出钱向他买一点,他不肯。

从城隍庙的花店里买了一包过磷酸骨粉,掺和在每一盆泥里,这算代替了新泥。

瓦盆排列在墙脚,从墙头垂下十条麻线,每两条距离七八寸,让牵牛的藤蔓缠绕上去。这是今年的新计划,往年是把瓦盆摆在三尺光景高的木架子上的。这样,藤蔓很容易爬到了墙头;随后长出来的互相纠缠着,因自身的重量倒垂下来,但末梢的嫩条便又蛇头一般仰起,向上伸,与别组的嫩条纠缠,待不胜重量时重演那老把戏;因此墙头往往堆积着繁密的叶和花,与墙腰的部分不相称。今年从墙脚爬起,沿墙多了三尺光景的路程,或者会好一点;而且,这就将有一垛完全是叶和花的墙。

藤蔓从两瓣子叶中间引伸出来以后,不到一个月工夫,爬得最快的几株将要齐墙头了,每一个叶柄处生一个花蕾,像谷粒那么大,便转黄萎去。据几年来的经验,知道起头的一批花蕾是开不出来的;到后来发育更见旺盛,新的叶蔓比近根部的肥大,那时的花蕾才开得成。

今年的叶格外绿,绿得鲜明;又格外厚,仿佛丝绒剪成的。这自然是过磷酸骨粉的功效。他日花开,可以推知将比往年的盛大。

但兴趣并不专在看花,种了这小东西,庭中就成为系人心情的所在,早上才起,工毕回来,不觉总要在那里小立一会儿。那藤蔓缠着麻线卷上去,嫩绿的头看似静止的,并不动弹;实际却无时不回旋向上,在先朝这边,停一歇再看,它便朝那边了。前一晚只是绿豆般大一粒嫩头,早起看时,便已透出二三寸长的新条,缀一两张长满细白绒毛的小叶子,叶柄处是仅能辨认形状的小花蕾,而末梢又有了绿豆般大一粒嫩头。有时认着墙上的斑驳痕想,明天未必便爬到那里吧;但出乎意外,明晨竟爬到了斑驳痕之上;好努力的一夜功夫!"生之力"不可得见;在这样小立静观的当儿,却默契了"生之力"了。渐渐地,浑忘意想,复何言说,只呆对着这一墙绿叶。

即使没有花,兴趣未尝短少;何况他日花开,将比往年盛大呢。

辑五

那些鸟会认人

除了麻雀,有时房檐会落两只喜鹊,
树梢站一只猫头鹰,
还有声音清脆的黄雀时时飞来。

老猫

——季羡林

老猫虎子蜷曲在玻璃窗外窗台上一个角落里,缩着脖子,眯着眼睛,一片寂寞、凄清、孤独、无助的神情。

外面正下着小雨,雨丝一缕一缕地向下飘落,像是珍珠帘子。时令虽已是初秋,但是隔着雨帘,还能看到紧靠窗子的小土山上丛草依然碧绿,毫无要变黄的样子。在万绿丛中赫然露出一朵鲜艳的红花。古诗"万绿丛中一点红",大概就是这般光景吧。这一朵小花如火似燃,照亮了混茫的雨天。

我从小就喜爱小动物。同小动物在一起,别有一番滋味。它们天真无邪,率性而行;有吃抢吃,有喝抢喝;不会说谎,不会推诿;受到惩罚,忍痛挨打;一转眼间,照偷不误。同它们在一起,我心里感到怡然,坦然,安然,欣然。不像同人在一起那样,应对进退、谨小慎微、斟酌词句、保持距离,感到异常地别扭。

十四年前,我养的第一只猫,就是这个虎子。刚到我家来的时候,比老鼠大不了多少。蜷曲在窄狭的窗内窗台上,活动的空间好像富富有余。它并没有什么特点,只是一只最平常的狸猫,身上有虎皮斑纹,颜色不黑不黄,并不美观。但是异于常猫的地方也有,它有两只炯炯有神的眼睛,两眼一睁,还真虎虎有虎气,因此起名叫虎子。它脾气也确实暴烈如虎。它从来不怕任何人。谁要想打它,不管是用鸡毛掸子,还是用竹竿,它从不回避,而是向前进攻,声色俱厉。得罪过它的人,它永世不忘。我的外孙打过它一次,从此结仇。只要他到我家来,隔着玻璃窗子,一见人影,它就做好准备,向前进攻,爪牙并举,吼声震耳。他没有办法,在家中走动,都要手持竹竿,以防万一,否则寸步难行。有一次,一位老同志来看我,他显然是非常喜欢猫的。一见虎子,嘴里连声说着:"我身上有猫味,猫不会咬我的。"他伸手想去抚摸它,可万万没有想到,我们虎子不懂什么猫味,回头就是一口。这位老同志大惊失色。总之,到了后来,虎子无人不咬,只有我们家三个主人除外,它的"咬声"颇能耸人听闻了。

但是,要说这就是虎子的全面,那也是不正确的。除了暴烈咬人以外,它还有另外一面,这就是温柔敦厚的一面。我举一个小例子。虎子来我们家以后的第三年,我又要了一只小猫。这是一只混种的波斯猫,浑身雪白,毛很长,但在额头上有一小片黑黄相间的花纹。我们家人管这只猫叫洋猫,起名咪咪;虎子则被尊为土猫。这只猫的脾气同虎子完全相反:胆小、怕人,从来没有咬过人。只有在外面跑的时候,才露出一点野性。它只要有机会溜出大门,但见它长毛尾巴一摆,像一溜烟似的立即蹿入小山的树丛中,半天不回家。这两只猫并没有血缘关系。但是,不知道是由于什么原因,一进门,虎子就把咪咪看作自己的亲生女儿。它自己本来没有什么奶,却坚决要给咪咪喂奶,把咪咪搂在怀里,让咪咪咂自己的干奶头,咪咪眯着眼睛,仿佛在享着天福。我在吃饭的时候,有时丢点鸡骨头、鱼刺,这等于猫们的燕窝、鱼翅。但是,虎子却只蹲在旁边,瞅着咪咪一只猫吃,从来不同它争食。有时还"咪噢"上两声,好像是在说:"吃吧,孩子!安安静静地吃吧!"有时候,不管是春夏还是秋冬,虎子会从西边的小山上逮一些小动物,麻雀、蚱蜢、蝉、蛐蛐之类,用嘴叼着,蹲在家门口,嘴里发出一种怪声。这是猫语,屋里的咪咪,不管是睡还是醒,耸耳一听,立即跑到门后,馋涎欲滴,等着吃母亲带来的佳肴,大快朵颐。我们家人看到这样母子亲爱的情景,都由衷地感动,一致把虎子称作"义猫"。有一年,小咪咪生了两只小猫。大概是初做母亲,没有经验,正如我们圣人所说的那样:"未有学养子而后嫁者也",人们能很快学会,而猫们则不行。咪咪丢下小猫不管,虎子却大忙特忙起来,觉不睡,饭不吃,日日夜夜把小猫搂在怀里。但小猫是要吃奶的,而奶正是虎子所缺的。于是小猫暴躁不安,虎子眉头一皱,计上心来,叼起小猫,到处追着咪咪，要它给小猫喂奶。还真像一个姥姥样子，但是小咪咪并不领情，依旧不给小猫喂奶。有几天的时间，虎子不吃不喝，瞪着两只闪闪发光的眼睛，嘴里叼着小猫，从这屋赶到那屋；一转眼又赶了回来。小猫大概真是受不了啦，便辞别了这个世界。我看了这一出猫家庭里的悲剧又是喜剧，实在是爱莫能助，惋惜了很久。

我同虎子和咪咪都有深厚的感情。每天晚上，它们俩抢着到我床上去睡觉。在冬天，我在棉被上面特别铺上了一块布，供它们躺卧。我有时候半夜里醒来，神志一清醒，觉得有什么东西重重地压在我身上，一股暖气仿佛透过了两层棉被，扑到我的双腿上。我知道，小猫睡得正香，即使我的双腿由于僵卧时间过久，又酸又痛，我也总是强忍着，决不动一动双腿，免得惊了小猫的清梦。它此时也许正梦着捉住了一只耗子。只要我的腿一动，它这耗子就吃不成了，岂非大煞风景吗？

这样过了几年，小咪咪大概有八九岁了。虎子比它大三岁，十一二岁的光景，依然威风凛凛，脾气暴烈如故，见人就咬，大有死不改悔的神气。而小咪咪则出我意料地露出了下世的光景，常常到处小便，桌子上，椅子上，沙发上，无处不便。如果到医院里去检查的话，大夫在列举的病情中一定会写一条：小便失禁。最让我心烦的是，它偏偏看上了我桌子上的稿纸。我正写着什么文章，然而它却根本不管这一套，跳上去，屁股往下一蹲，一泡猫尿流在上面，还闪着微弱的光。说我不急，那不是真的。我心里真急，但是，我谨遵我的一条戒律：决不打小猫一掌，在任何情况之下，都不打它。此时，我赶快把稿纸拿起来，抖掉了上面的猫尿，等它自己干。心里又好气，又好笑，真是哭笑不得。家人对我的嘲笑，我置若罔闻，"全等秋风过耳边"。

我不信任何宗教，也不皈依任何神灵。但是，此时我却有点想迷信一下。我期望会有奇迹出现，让咪咪的病情好转。可世界上是没有什么奇迹的，咪咪的病一天一天地严重起来。它不想回家，喜欢在房外荷塘边上石头缝里待着，或者藏在小山的树木丛里。它再也不在夜里睡在我的被子上了。每当我半夜里醒来，觉得棉被上轻飘飘的，我悯然若有所失，甚至有点悲伤了。我每天凌晨起来，第一件事情就是拿着手电到房外塘边山上去找咪咪。它浑身雪白，是很容易找到的。在薄暗中，我眼前白白地一闪，我就知道是咪咪。见了我，"咪噢"一声，起身向我走来。我把它抱回家，给它东西吃，它似乎根本没有胃口。我看了直想流泪。有一次，我拖着疲惫的身子，走几里路，到海淀的肉店里去买猪肝和牛肉。拿回来，喂给咪咪，它一闻，似乎有点想吃的样子；但肉一沾唇，它立即又把头缩回去，闭上眼睛，不闻不问了。

有一天傍晚，我看咪咪神情很不妙，我预感要发生什么事情。我唤它，它不肯进屋。我把它抱到篱笆以内，窗台下面。我端来两只碗，一只盛吃的，一只盛水。我拍了拍它的脑袋，它偎依着我，"咪噢"叫了两声，便闭上了眼睛。我放心进屋睡觉。第二天凌晨，我一睁眼，三步并作一步，手里拿着手电，到外面去看。哎呀不好！两碗全在，猫影顿杳。我心里非常难过，说不出是什么滋味。我手持手电找遍了塘边、山上、树后、草丛、深沟、石缝。有时候，眼前白光一闪。"是咪咪！"我狂喜。走近一看，是一张白纸。我嗒然若丧，心头仿佛被挖掉了点什么。"屋前屋后搜之遍，几处茫茫皆不见。"从此我就失掉了咪咪，它从我的生命中消逝了，永远永远地消逝了。我简直像是失掉了一个好友，一个亲人。至今回想起来，我内心里还颤抖不止。

在我心情最沉重的时候，有一些通达世事的好心人告诉我，猫们有一种特殊的本领，能知道自己什么时候寿终。到了此时此刻，它们决不待在主人家里，让主人看到死猫，感到心烦，或感到悲伤。它们总是逃出去，到一个最僻静、最难找的角落里，地沟里，山洞里，树丛里，等候最后时刻的到来。因此，养猫的人大都在家里看不见死猫的尸体。只要自己的猫老了，病了，出去几天不回来，他们就知道，它已经离开了人世，不让举行遗体告别的仪式，永远永远不再回来了。

我听了以后，憬然若有所悟。我不是哲学家，也不是宗教家，但读过不少哲学家和宗教家谈论生死大事的文章。这些文章多半有非常精辟的见解，闪耀着智慧的光芒，我也想努力从中学习一些有关生死的真理。结果却是毫无所得。那些文章中，除了说教以外，几乎没有什么有用的东西。大半都是老生常谈，不能解决什么实际问题，没能给我留下深刻的印象。现在看来，倒是猫们临终时的所作所为，即使仅仅是出于本能吧，却给了我很大的启发。人们难道就不应该向猫们学习这一点经验吗？有生必有死，这是自然规律，谁都逃不过。中国历史上的赫赫有名的人物，秦皇、汉武，还有唐宗，想方设法，千方百计，想求得长生不老。到头来仍然是竹篮子打水一场空，只落得黄土一抔，"西风残照，汉家陵阙"。我辈平民百姓又何必煞费苦心呢？一个人早死几个小时，或者晚死几个小时，甚至几天，实在是无所谓的小事，绝影响不了地球的转动，社会的前进。再退一步想，现在有些思想开明的人士，不想长生不死，不想在大地上再留黄土一抔；甚至开明到不要遗体告别，不要开追悼会。但是仍会给后人留下一些麻烦：登报，发讣告，还要打电话四处通知，总得忙上一阵。何不学一学猫们呢？它们这样处理生死大事，干得何等干净利索呀！一点痕迹也不留，走了，走了，永远地走了，让这花花世界的人们不见猫尸，用不着落泪，照旧做着花花世界的梦。

我忽然联想到我多次看过的敦煌壁画上的西方净土变。所谓"净土"，指的就是我们常说的天堂、乐园，是许多宗教信徒烧香念佛，查经祷告，甚至实行苦行，折磨自己，梦寐以求到达的地方。据说在那里可以享受天福，得到人世间万万得不到的快乐。我看了壁画上画的房子、街道、树木、花草，以及大人、小孩，林林总总，觉得十分热闹。可我觉得没有什么出奇之处。只有一件事给我留下了永不磨灭的印象，那就是，那里的人们都是笑口常开，没有一个人愁眉苦脸,他们的日子大概过得都很惬意。不像在我们人间有这样许多不如意的事情,有时候办点事,还要找后门,钻空子。在他们的商店里——净土里面还实行市场经济吗?他们还用得着商店吗?——售货员大概都很和气,不给人白眼,不训斥"上帝",不扎堆闲侃,不给人钉子碰。这样的天堂乐园,我也真是心向往之的。但是给我印象最深,使我最为吃惊或者羡慕的还是他们对待要死的人的态度。那里的人,大概同人世间的猫们差不多,能预先知道自己寿终的时刻。到了此时,要死的老嬷嬷或者老头,健步如飞地走在前面,身后簇拥着自己的子子孙孙、至亲好友,个个喜笑颜开,全无悲戚的神态,仿佛是去参加什么喜事一般,一直把老人送进坟墓。后事如何,壁画不是电影,是不能动的。然而画到这个程序,以后的事尽在不言中。如果一定要画上填土封坟,反而似乎是多此一举了。我觉得,净土中的人们给我们人类争了光。他们这一手比猫们又漂亮多了。知道必死,而又兴高采烈,多么豁达!多么聪明!猫们能做得到吗?这证明,净土里的人们真正参透了人生奥秘,真正参透了自然规律。人为万物之灵,他们为我们人类在同猫们对比之下真真增了光!真不愧是净土!

上面我胡思乱想得太远了,还是回到我们人世间来吧。我坦白承认,我对人生的奥秘参透得还不够,我对自然规律参透得也还不够。我仍然十分怀念我的咪咪。我心里仿佛有一个空白,非填起来不行。我一定要找一只同咪咪一模一样的白色波斯猫。后来果然朋友又送来了一只，浑身长毛，洁白如雪，两只眼睛全是绿的，亮晶晶像两块绿宝石。为了纪念死去的咪咪，我仍然为它命名"咪咪"，见了它，就像见到老咪咪一样。过了大约又有一年的光景，友人又送了我一只据说是纯种的波斯猫，两只眼睛颜色不同，一黄一蓝。在太阳光下，黄的特别黄，蓝的特别蓝，像两颗黄蓝宝石，闪闪发光，竞妍争艳。这只猫特别调皮，简直是胆大无边，然而也因此就更特别可爱。这一下子又忙坏了虎子，它认为这两只小猫都是自己的亲生女儿，硬逼着它们吮吸自己那干瘪的奶头。只要它走出去，不知在什么地方弄到了小鸟、蚱蜢之类，就带回家来，给两只小猫吃。好久没有听到的"咪噢"唤小猫的声音，现在又听到了。我心里漾起了一丝丝甜意。这大大地减轻了我对老咪咪的怀念。

可是岁月不饶人，也不会饶猫的。这一只"土猫"虎子已经活到十四岁。据通达世情的人们说，猫的十四岁，就等于人的八九十岁。这样一来，我自己不是成了虎子的同龄"人"了吗？这虎子却也真怪。有时候，颇现出一些老相。两只炯炯有神的眼睛忽然被一层薄膜蒙了起来。嘴里流出了哈喇子，胡子上都沾得亮晶晶的。不大想往屋里来，日日夜夜趴在阳台上蜂窝煤堆上，不吃，不喝。我有了老咪咪的经验，知道它快不行了。我也跑到海淀，去买来牛肉和猪肝，想让它不要饿着肚子离开这个世界。我随时准备着：第二天早晨一睁眼，虎子不见了。结果虎子并没有这样干。我天天凌晨第一件事就是来看虎子，隔着窗子，依然黑乎乎的一团，卧在那里。我心里感到安慰。有时候，它也起来走动了。我在本文开头时写的就是去年深秋一个下雨天我隔窗看到的虎子的情况。

到了今天，半年又过去了。虎子不但没有走，而且顽健胜昔，仍然是天天出去。有时候在晚上，窗外的布帘子的一角蓦地被掀了起来，一个丑角似的三花脸一闪。我便知道，这是虎子回来了，连忙开门，放它进来。大概同某一些老年人一样——不是所有的老年人——到了暮年就改恶向善，虎子的脾气大大地改变了。几乎再也不咬人了。我早晨摸黑起床，写作看书累了，常常到门外湖边山下去走一走。此时，我冷不防脚下忽然踢着了一团软乎乎的东西。这是虎子。它在夜里不知道在什么地方待了一夜，现在看到了我，一下子蹿了出来，用身子蹭我的腿，在我身前和身后转悠。它跟着我，亦步亦趋，我走到哪里，它就跟到哪里，寸步不离。我有时故意爬上小山，以为它不会跟来了，然而一回头，虎子正跟在身后。猫是从来不跟人散步的，只有狗才这样干。有时候碰到过路的人，他们见了这情景，都大为吃惊。"你看猫跟着主人散步哩！"他们说，露出满脸惊奇的神色。最近一个时期，虎子似乎更精力旺盛了，它返老还童了。有时候竟带一只它重孙辈的小公猫到我们家阳台上来。"今夜我们相识。"虎子用不着介绍就相识了。看样子，虎子一去不复返的日子遥遥无期了。我成了拥有三只猫的家庭的主人。

我养了十几年猫，前后共有四只。猫们向人们学习什么，我不通猫语，无法询问。我作为一个人却确实向猫学习了一些有用的东西。上面讲过的处理死亡的办法，就是一个例子。我自己毕竟年纪已经很大了，常常想到死的问题。鲁迅五十多岁就想到了，我真是瞠乎后矣。人生必有死，这是无法抗御的。而且我还认为，死也是好事情。如果世界上的人都不死，连我们的轩辕老祖和孔老夫子今天都依然峨冠博带，坐着奔驰车，到天安门去遛弯，你想人类世界会成一个什么样子！人是百代的过客，总是要走过去的，这绝不会影响地球的转动和人类社会的进步。每一代人都只是一场没有终点的长途接力赛的一环。前不见古人，后不见来者，是宇宙常规。人老了要死，像在净土里那样，应该算是一件喜事。老人跑完了自己的一棒，把棒交给后人，自己要休息了，这是正常的。不管快慢，他们总算跑完了一棒，总算对人类的进步做出了贡献，总算尽上了自己的天职。年老了要退休，这是身体、精神状况所决定的，不是哪个人能改变的。老人们会不会感到寂寞呢？我认为，会的。但是我却觉得，这寂寞是顺乎自然的，从伦理的高度来看，甚至是应该的。我始终主张，老年人应该为青年人活着，而不是相反。青年人有接力棒在手，世界是他们的，未来是他们的，希望是他们的。吾辈老年人的天职是尽上自己仅存的精力，帮助他们前进，必要时要躺在地上，让他们踏着自己的躯体前进，前进。如果由于害怕寂寞而学习《红楼梦》里的贾母，让一家人都围着自己转，这不但是办不到的，而且从人类前途利益来看是犯罪的行为。我说这些话，也许有人怀疑，我是不是碰到了什么不如意的事，才说出这样令某些人骇怪的话来。不，不，决不。我现在身体顽健，家庭和睦，在社会上广有朋友，每天照样读书、写作、会客、开会不辍。我没有不如意的事情，也没有感到寂寞。不过自己毕竟已逾耄耋之年，面前的路有限了。不免有时候胡思乱想。而且，我同猫们相处久了，觉得它们有些东西确实值得我们学习，我们这些万物之灵应该屈尊一下，学习学习。即使只学到猫们处理死亡大事这一手，我们社会上也会减少多少麻烦呀！

"那么，你是不是准备学习呢？"我仿佛听到有人这样质问了。是的，我心里是想学习的。不过也还有些困难。我没有猫的本能，我不知道自己的大限何时来到。而且我还有点担心。如果我真正学习了猫，有一天忽然偷偷地溜出了家门，到一个旮旯里、树丛里、山洞里、河沟里，一头钻进去，藏了起来，这样一来，我们人类社会可不像猫社会那样平静，有些人必然认为这是特大新闻，指手画脚，喊喊喳喳。如果是在旧社会里或者在今天的香港等地的话，这必将成为头版头条的爆炸性新闻，不亚于当年的杨乃武和小白菜。我的亲属和朋友也必将派人出去寻找，派的人也许比寻找彭加木的人还要多。这是多么可怕的事呀！因此我就迟疑起来。至于最后究竟何去何从？我正在考虑、推敲、研究。

一九九二年八月三十日

告别白鸽

——陈忠实

老舅到家里来，话题总是离不开退休后的生活内容，谈到他还可以干翻扎麦地这种最重的农活，很自豪的神情；养着一只大奶羊，早晨起来挤下羊奶煮熟和孙子喝了，孙子去上学，他则牵着羊到坡地里去放牧，挺诱人的一种惬意的神色；说他还养着一群鸽子，到山坡上放羊时或每月进城领取退休金时，顺路都要放飞自己的鸽子。我禁不住问："有白色的没有？纯白的？"

老舅当即明白了我的话意，不无遗憾地说："有倒是有……只有一对。"随之又转换成愉悦的口吻："白鸽马上就要下蛋了，到时候我把小白鸽给你捉来，就不怕它飞跑了。"老舅大约看出我的失望，继续解释说："那一对老白鸽你养不住，咱们两家原上原下几里路，它们一放开就飞回老窝里去了。"

我就等待着，并不焦急，从产卵到孵化再到幼鸽独立生存，差不多得两个月，急是没有用的。我那时正在远离城市的乡下故园里住着读书写作，大约七八年了，对那种纯粹的乡村情调和质朴到近乎平庸的生活早已生出寂寞，尤其是陷入那部长篇小说的写作以来的三年。这三年里我似乎在穿越一条漫长的历史隧道，仍然看不到出口处的亮光，一种劳动过程之中——尤其是每一次劳动中止之后的寂寞围裹着我，常常难以诉叙难以排解。我想到能有一对白色的鸽子，心里便生出一缕温情一方圣洁。

出乎我意料的是，一周没过，舅舅又来了，而且捉来了一对白鸽。面对我的欣喜和惊讶之情，老舅说："我回去后想了，干脆让白鸽把蛋下到你这里，在你这里孵出小鸽，它就认你这儿为家咧。再说嘛，你一年到头闷在屋里看书呀写字呀，容易烦。我想到这一层就赶紧给你捉来了。"我看着老舅的那双洞达豁朗的眼睛，心不由怦然颤动起来。

我把那对白鸽接到手里时，发现老舅早已扎住了白鸽的几根羽毛，这样被细线捆扎的鸽子只能在房屋附近飞上飞下，而不会飞高飞远。老舅特别叮嘱说，一旦发现雌鸽产下蛋来，就立即解开它翅膀上被捆扎的羽毛，此时无须担心鸽子飞回老窝去，它离不开它的蛋。至于饲养技术，老舅不屑地说："只要每天早晨给它撒一把苞谷粒……"

我在祖居的已经完全破败的老屋的后墙上的土坯缝隙里，砸进了两根木棍子，架上一只硬质包装纸箱，纸箱的右下角剪开一个四方小洞，就把这对白鸽放进去了。这幢已无人居住的破落的老屋似乎从此获得了生气，我总是抑制不住对后墙上的那一对活泼泼的白鸽的关切之情，没遍没数儿地跑到后院里，轻轻地撒上一把玉米粒。起始，两只白鸽大约听到玉米粒落地时特异的声响，挤在纸箱四方洞口探头探脑，像是在辨别我投撒食物的举动是真诚的爱意抑或诱饵，我于是走开，以便它们可以放心进食。

　　终于出现奇迹。那天早晨，一个美丽的乡村的早晨，我刚刚走出后门扬起右手的一瞬间，扑啦啦一声响，一只白鸽落在我的手臂上，迫不及待地抢夺我手心里的玉米粒，接着又是扑啦啦一声响，另一只白鸽飞落到我的肩头，旋即又跳弹到手臂上，挤着抢着啄食我手心里的玉米粒，四只爪子掐进我的皮肉，有一种痒痒的刺痛，然而听着玉米粒从鸽子喉咙滚落下去的撞击的声响，竟然不忍心抖掉鸽子，似乎是一种早就期盼着的信赖终于到来。

　　又是一个堪称美丽的早晨，飞落到我手臂上啄食玉米粒的鸽子仅有一只，我随之发现，另外一只静静地卧在纸箱里产卵了。新生命即将诞生的欣喜和某种神秘感立时就在我的心头漫溢开来。遵照老舅的经验之说，我当即剪除了捆扎鸽子羽毛的绳索，白鸽自由了，那只雌鸽继续钻进纸箱去孵蛋，而那只雄鸽，扑啦啦扑向天空去了。

　　终于听到了破壳出卵的幼鸽的细嫩的叫声。我站在后院里，先是发现了两只破碎的蛋壳，随之就听到从纸箱里传下来的细嫩的新生命的啼叫声。那声音细弱而又嫩气，如同初生婴儿无意识的本能的啼叫，又是那样令人动心动情。我几乎同时发现，两只白鸽轮番飞进飞出，每一只鸽子的每一次归巢，都使纸箱里欢闹起来，可以推想，父亲或母亲为它们捕捉回来了美味佳肴。

我便在写作的间隙里来到后院，写得拗手时到后院抽一支烟，那哺食的温情和欢乐的声浪会使人的心绪归于清澈和平静，然后重新回到摊着书稿的桌前；写得太顺时我也有意强迫自己停下笔来，到后院里抽一支雪茄，瞅着飞来又飞去的两只忙碌的白鸽，聆听那纸箱里日渐一日愈加喧腾的争夺食物的欢闹，于是我的情绪由亢奋渐渐归于冷静和清醒，自觉调整到最佳写作心态。

这一天，我再也按捺不住神秘的纸箱里小生命的诱惑，端来了木梯，自然是趁着两只白鸽外出采食的间隙。噢！那是两只多么丑陋的小鸽，硕大的脑袋光溜溜的，又长又粗的喙尤其难看，眼睛刚刚睁开，两只肉翅同样光秃秃的，它俩紧紧依偎在一起，静静地等待母亲或父亲归来哺食。我第一次看到了初生形态的鸽子，那丑陋的形态反而使我更急切地期盼蜕变和成长。

我便增加了对白鸽喂食的次数，由每天早晨的一次到早、午、晚三次。我想到白鸽每天从早到晚外出捕捉虫子，不仅活动量大大增加，自身的消耗也自然大大增加，而且把采来的最好的吃食都喂给幼鸽了。

说来挺怪的，我按自己每天三餐的时间给鸽子撒上三次玉米粒，然后坐在书桌前与我正在纠葛着的作品里的人物对话，心里竟有一种尤为沉静的感觉，白鸽哺育幼鸽的动人的情景，有形或无形地渗透到我对作品人物的气性的把握和描述着的文字之中。

又是一个美丽的早晨，我在往地上撒下一把玉米粒的时候，两只白鸽先后飞下来，它们显然都瘦了，毛色也有点灰脏有点邋遢。我无意间往墙上的纸箱一瞅，两只幼鸽挤在四方洞口，以惊异稚气的眼睛瞅着正在地上啄食的父亲和母亲。那是怎样漂亮的两只幼鸽哟，雪白的羽毛，让人联想到刚刚挤出的牛乳。幼鸽终于长成了，所有可能发生的意外或不测的担心顿然化解了。

那是一个下午，我准备到河边上去散步，临走时给白鸽撒一把玉米粒，算是晚餐。我打开后门，眼前一亮，后院的土围墙的墙头上，落栖着四只白色的鸽子，竟然给我一种白花花一大堆的错觉。两只老白鸽看见我就飞过来了，落在我的肩头，跳到手臂上抢啄玉米粒。我把玉米粒撒到地上，抖掉老白鸽，好专注欣赏墙头上那两只幼鸽。

两只幼鸽在墙头上转来转去，瞅瞅我又瞅瞅在地上啄食的老白鸽，胆怯的眼光如此明显，我不禁笑了。从脑袋到尾巴，一色纯白，没有一根杂毛，牛乳似的柔嫩的白色，像是天宫降临的仙女。是的，那种对世界对自然对人类的陌生和新奇而表现出的胆怯和羞涩，使人顿时生出诸多的联想：刚刚绽开的荷花，含珠带露的梨花,养在深山人未识的俏妹子……最美好最纯净最圣洁的比喻仍然不过是比喻,仍然不及幼鸽自身的本真之美。这种美如此生动,直叫我心灵震颤,甚至畏怯。是的,人可以直面威胁,可以蔑视阴谋,可以踩过肮脏的泥泞,可以对叽叽咕咕保持沉默,可以对丑恶闭上眼睛,然而在面对美的精灵时却是一种怯弱。

小白鸽和老白鸽在那幢破烂失修的房脊上亭亭玉立。这幢由家族的创业者修盖的房屋,经历了多少代人的更替而终于墙颓瓦朽了,四只白色的鸽子给这幢风烛残年的老房子平添了生机和灵气,以致幻化出家族兴旺时期的遥远的生气。

夕阳绚烂的光线投射过来,老白鸽和幼白鸽的羽毛红光闪耀。

我扬起双手,拍出很响的掌声,激发它们飞翔。两只老白鸽先后起飞。小白鸽飞起来又落下去,似乎对自己能否翱翔蓝天缺乏自信,也许是第一次飞翔的胆怯。两只老白鸽就绕着房子飞过来旋过去,无疑是在鼓励它们的儿女勇敢地起飞。果然,两只小白鸽起飞了,翅膀扇打出啪啪啪的声响,跟着它们的父母彻底离开了屋脊,转眼就看不见了。

我走出屋院站在街道上,树木笼罩的村巷依然遮挡视线,我就走向村庄背靠的原坡,树木和房舍都在我眼底了。我的白鸽正从东边飞翔过来,沐浴着晚霞的橘红。沿着河水流动的方向,翼下是蜿蜒着的河流,如烟如带的杨柳,正在吐絮扬花的麦田。四只白鸽突然折转方向,向北飞去,那儿是骊山的南麓,那座不算太高的山以风景和温泉名扬历史和当今，烽火戏诸侯和捉蒋兵谏的故事就发生在我的对面。两代白鸽掠过气象万千的那一道道山岭，又折回来了，掠过河川，从我的头顶飞过，直飞上白鹿原顶更为开阔的天空。原坡是绿的，梯田和荒沟有麦子和青草覆盖，这是我的家园一年四季中最迷人最令我陶醉的季节，而今又有我养的四只白鸽在山原河川上空飞翔，这一刻，世界对我来说就是白鸽。

这一夜我失眠了，脑海里总是有两只白色的精灵在飞翔，早晨也就起来晚了。我猛然发现，屋脊上只有一双幼鸽。老白鸽呢？我不由得瞅瞄天空，不见踪迹，便想到它们大约是捕虫采食去了。直到乡村的早饭点已过，仍然不见白鸽回归，我的心里竟然惶惶不安。这当儿，舅父走进门来了。

"白鸽回老家了，天刚明时。"

我大为惊讶。昨天傍晚，老白鸽领着儿女初试翅膀飞上蓝天，今日一早就飞回舅舅家去了。这就是说，在它们来到我家产卵孵蛋哺育幼鸽的整整两个多月里，始终也没有忘记老家故巢，或者说整个两个多月孵化哺育幼鸽的行为本身就是为了回归。我被这生灵深深地感动了，也放心了。我舒了一口气："噢哟！回去了好。我还担心被鹞鹰抓去了呢！"

留下来的这两只白鸽的籍贯和出生地与我完全一致，我的家园也是它们的家园；它们更亲昵地甚至是随意地落到我的肩头和手臂，不单是为着抢啄玉米粒；我扬手发出手势，它们便心领神会从屋脊上起飞，在村庄、河川和原坡的上空，做出种种酣畅淋漓的飞行姿态，山岭、河川、村舍和古原似乎都舞蹈起来了。然而在我，却一次又一次地抑制不住发出吟诵：这才是属于我的白鸽！而那一对老白鸽嘛……毕竟是属于老舅的。我也因此有了一点点体验，你只能拥有你亲自培育的那一部分……

当我行走在历史烟云之中的一个又一个早晨和黄昏，当我陷入某种无端的无聊、无端的孤独的时候，眼前忽然会掠过我的白鸽的倩影，淤积着历史尘埃的胸脯里便透进一股活风。

直到惨烈的那一瞬，至今我依然感到手中的这支笔都在颤抖。那是秋天的一个夕阳灿烂的傍晚，河川和原坡被果实累累的玉米、棉花、谷子和各种豆类覆盖着，人们也被即将到来的丰盈的收获鼓舞着，村巷和田野里泛溢着愉快喜悦的声浪。我的白鸽从河川上空飞过来，在接近西边邻村的村树时，转过一个大弯儿，就贴着古原的北坡绕向东来。两只白鸽先后停止了扇动着的翅膀，做出一种平行滑动的姿态，恰如两张洁白的纸页飘悠在蓝天上。正当我忘情于最轻松最舒悦的欣赏之中，一只黑色的幽灵从原坡的哪个角落里斜冲过来，直扑白鸽。白鸽惊慌失措地启动翅膀重新疾飞，然而晚了，那只飞在前头的白鸽被黑色幽灵俘掠而去。我眼睁睁地瞅着头顶天空所骤然爆发的这一场弱肉强食、侵略者和被屠杀者的搏杀……只觉眼前一片黑暗。当我再次眺望天空，唯见两根白色的羽毛飘然而落，我在坡地草丛中捡起，羽毛的根子上带着血痕，有一缕血腥气味。

侵略者是鹞子,这是家乡人的称谓,一种形体不大却十分凶残暴戾的鸟。

老屋屋脊上现在只有一只形单影孤的白鸽。它有时原地转圈,发出急切的连续不断的咕咕的叫声;有时飞起来又落下去,刚落下去又飞起来,似乎惊恐又似乎是焦躁不安;我无论怎样抛撒玉米粒,它都不屑一顾,更不像往昔那样落到我肩上来。它是那只雌鸽,被鹞子残杀的那只是雄鸽。它们是兄妹也是夫妻,它的悲伤和孤清就是双重的了。

过了好多日子,白鸽终于跳落到我的肩头,我的心头竟然一热,立即想到它终于接受了那惨烈的一幕,也接受了痛苦的现实而终于平静了。我把它握在手里,光滑洁白的羽毛使人产生一种神圣的崇拜。然而正是这一刻,我决定把它送给邻家同样喜欢鸽子的贤,他养着一大群杂色信鸽,却没有白鸽。让我的白鸽和他那一群鸽子合帮结伙,可能更有利生存。再者,我实在不忍心看见它在屋脊上的那种孤单。

它还比较快地与那一群杂色鸽子合群了。

我看见一群灰鸽子在村庄上空飞翔,一眼就能辨出那只雪白的鸽子,欣慰我的举措的成功。

贤有一天告诉我,那只白鸽产卵了。

贤过了好多天又告诉我,孵出了两只白底黑斑的幼鸽。

我出了一趟远门回来，贤告诉我，那只白鸽丢失了。我立即想到它可能又被鹞子抓去了。贤提出来把那对杂交的白底黑斑的鸽子送我。我谢绝了。

又过了一些日子，失掉我的两只白鸽的情感波澜已经平静。老屋也早已复归平静，对我已不再具任何新奇和诱惑。我在写作的间隙里，到前院浇花除草，后院都不再去了。这一天，我在书桌前继续文字的行程，窗外传来了咕咕咕的鸽子的叫声，便摔下笔，直奔后院。在那根久置未用的木头上，卧着一只白鸽。是我的白鸽。

我走过去，它一动不动。我捉起它来，它的一条腿受伤了，是用细绳子勒伤了的。残留的那段细绳深深地陷进肿胀的流着脓血的腿杆里，我的心里抽搐起来。我找到剪刀剪断了绳子，发觉那条腿实际已经勒断了，只有一缕尚未腐烂的皮连接着。它的羽毛变得灰黄，头上粘着污黑的垢甲，腹部粘结着干涸的鸽粪，翅膀上黑一坨灰一坨，整个污脏得难以让人握在手心了。

我自然想到，这只丢失归来的白鸽是被什么人捉去了，不是遭了鹞子？它被人用绳子拴着，给自家的孩子当玩物？或者连他以及什么人都可以摸摸玩玩的？白鸽弄得这样脏兮兮的，不知有多少脏手抚弄过它，却根本不管不顾被细绳勒断了的腿。我在那一刻突然想到，它还不如它的丈夫被鹞子扑杀的结局。

我在太阳下为它洗澡，把由脏手弄到它羽毛上的脏洗濯干净，又给它的伤腿敷了消炎药膏，盼它伤愈，盼它重新发出羽毛的白色。然而它死了，在第二天早晨，在它出生的后墙上的那只纸箱里……

一九九六年八月十六日　西安

鲁鲁

——宗璞

鲁鲁坐在地上,悲凉地叫着。树丛中透出一弯新月,院子的砖地上洒着斑驳的树影和淡淡的月光。那悲凉的嗥叫声一直穿过院墙,在这山谷的小村中引起一阵阵狗吠。狗吠声在深夜本来就显得凄惨,而鲁鲁的声音更带着十分的痛苦、绝望,像一把锐利的剪刀,把这温暖、平滑的春夜剪碎了。

它大声叫着,声音拖得很长,好像一阵阵哀哭,令人不忍卒听。它那离去了的主人能听见吗?他在哪里呢?鲁鲁觉得自己又处在荒野中了,荒野中什么也没有,它不得不用嗥叫来证实自己的存在。

院子北端有三间旧房,东头一间还亮着灯,西头一间已经黑了。一会儿,西头这间响起窸窣的声音,紧接着房门开了,两个孩子穿着本色土布睡衣，蹑手蹑脚走了出来。十岁左右的姐姐捧着一钵饭，六岁左右的弟弟走近鲁鲁时，鲁鲁便躲在姐姐身后，用力揪住姐姐的衣服。

"鲁鲁，你吃饭吧，这饭肉多。"姐姐把手里的饭放在鲁鲁身旁。地上原来已摆着饭盆，一点不曾动过。

鲁鲁用悲哀的眼光看着姐姐和弟弟，渐渐安静下来了。它四腿很短，嘴很尖，像只狐狸；浑身雪白，没有一根杂毛。颈上套着皮项圈，项圈上拴着一根粗绳，系在大树上。

鲁鲁原是一个孤身犹太老人的狗。老人住在村上不远，前天死去了。他的死和他的生一样，对人对世没有任何影响。后事很快办理完毕。只是这矮脚的白狗守住了房子悲哭，不肯离去。人们打它，它只是围着房子转。房东灵机一动说："送给范先生养吧。这洋狗只合下江人养。"这小村中习惯地把外省人一律称作下江人。于是它给硬拉到范家，拴在这棵树上，已经三天了。

姐姐弟弟和鲁鲁原来就是朋友。他们有时到犹太老人那里去玩。他们大概是老人唯二的客人了。老人能用纸叠出整栋的房屋，各个房间里还有各种摆设。姐姐弟弟带来的花玻璃球便是小囡囡，在纸做的房间里滚来滚去。老人还让鲁鲁和他们握手，鲁鲁便伸出一只前脚，和他们轮流握上好几次。它常跳上老人座椅的宽大扶手，把它那雪白的头靠在老人雪白的头旁边，瞅着姐姐和弟弟。它那时的眼光是驯良、温和的，几乎带着笑意。

现在老人不见了,只剩下了鲁鲁,悲凉地嗥叫着的鲁鲁。

"鲁鲁,你就住在我们家。你懂中国话吗?"姐姐温柔地说,"拉拉手吧?"三天来,这话姐姐已经说了好几遍。鲁鲁总是突然又发出一阵悲号,并不伸出脚来。

但是鲁鲁这次没有哭,只是咻咻地喘着,好像跑了很久。姐姐伸手去摸它的头,弟弟忙拉住姐姐。鲁鲁咬人是出名的,一点不出声音,专门咬人的脚后跟。"它不会咬我。"姐姐说,"你咬吗?鲁鲁?"随即把手放在它头上。鲁鲁一阵战栗,连毛都微耸起来。老人总是抚摩它,从头摸到脊背。那只大手很有力,这只小手很轻,却温柔,使鲁鲁安心。它仍咻咻地喘着,向姐姐伸出了前脚。

"好鲁鲁!"姐姐高兴地和它握手,"妈妈!鲁鲁愿意住在我们家了!"

妈妈走出房来,在姐姐的介绍下和鲁鲁握手,当然还有弟弟。妈妈轻声责备姐姐说:"你怎么把肉都给了鲁鲁?我们明天吃什么?"

姐姐垂了头,不说话。弟弟忙说:"明天我们什么也不吃。"

妈妈叹息道:"还有爸爸呢,他太累了——你们早该睡了,鲁鲁今晚不要叫了,好吗?"

范家人都睡了。只有爸爸仍在煤油灯下著书。鲁鲁几次又想哭一哭,但是望见窗上几乎是趴在桌上的黑影,便把悲声吞了回去,在喉咙里咕噜着,变成低低的轻吼。

鲁鲁吃饭了。虽然有时还免不了嗥叫,但情绪显然已有好转。

妈妈和姐姐解掉拴它的粗绳,但还不时叮嘱弟弟,不要敞开院门。这小院是在一座大庙里,庙里复房别院,房屋很多,许多城里人迁乡躲空袭,原来空荡荡的古庙,充满了人间烟火。

姐姐还引鲁鲁去见爸爸。她要鲁鲁坐起来,把两只前脚伸在空中拜一拜。"作揖,作揖!"弟弟叫。鲁鲁的情绪尚未恢复到可以玩耍,但它照做了。"它懂中国话!"姐弟两人都很高兴。鲁鲁放下前脚,又主动和爸爸握手。平常好像对什么都视而不见的爸爸,把鲁鲁前后打量一番,说:"鲁鲁是什么意思?是意绪文吧?它像只狐狸,应该叫银狐。"爸爸的话在学校很受重视,在家却说了也等于没说,所以鲁鲁还是叫鲁鲁。

鲁鲁很快也和猫儿菲菲做了朋友。菲菲先很害怕,警惕地弓着身子向后退,一面发出"呲——"的声音,表示自己也不是好惹的。鲁鲁却无一点敌意。它知道主人家的一切都应该保护。它伸出前脚给猫儿,惹得孩子们笑个不停。终于菲菲明白了鲁鲁是朋友,它们互相嗅鼻子,宣布和平共处。

过了十多天,大家认为鲁鲁可以出门了。它总是出去一会儿就回来,大家都很放心。有一天,鲁鲁出了门,踌躇了一下,忽然往犹太老人原来的住处走去了。那里锁着门,它便坐在门口嗥叫起来。还是那样悲凉,那样哀痛。它想起自己的不幸,它的心曾遗失过了。它努力思索老人的去向。这时几个人围过来。"嗥什么!畜生!"人们向它扔石头。它站起身跑了,却没有回家,一直下山,向着城里跑去了。

鲁鲁跑着，伸出了舌头，它的腿很短，跑不快。它尽力快跑，因为它有一个谜，它要去解开这个谜。

乡间路上没有车，也少行人。路两边是各种野生的灌木，自然形成两道绿篱。白狗像一片飘荡的羽毛，在绿篱间移动。间或有别的狗跑来，那大都是笨狗，两眼上各有一小块白毛，乡人称为四眼狗。他们想和鲁鲁嗅鼻子，或打一架，鲁鲁都躲开了。它只是拼命地跑，跑着去解开一个谜。

它跑了大半天，黄昏时进了城，在一座旧洋房前停住了。门关着，它就坐在门外等，不时发出长长的哀叫。这里是犹太老人和鲁鲁的旧住处。主人是回到这里来了吧？怎么还听不见鲁鲁的哭声呢？有人推开窗户，有人走出来看，但都没有那苍然的白发。人们说："这是那洋老头的白狗。""怎么跑回来了！"却没有人问一问洋老头的究竟。

鲁鲁在门口蹲了两天两夜。人们气愤起来，下决心处理它了。第三天早上，几个拿着绳索棍棒的人朝它走来。一个人叫它："鲁鲁！"一面丢来一根骨头。它不动。它很饿，又渴，又想睡。它想起那淡黄色的土布衣裳，那温柔的小手拿着的饭盆。它最后看着屋门，希望在这一瞬间老人会走出来。但是没有。它跳起身，向人们腿间冲过去，向城外跑去了。

它得到的谜底是再也见不到老人了。它不知道那老人的去处是每个人——连它鲁鲁，终究都要去的。

妈妈和姐姐都抱怨弟弟，说是弟弟把鲁鲁放了出去。弟弟表现出男子汉的风度，自管在大树下玩。他不说话，可心里很难过。傻鲁鲁！怎么能离开爱自己的人呢！妈妈走过来，把鲁鲁的饭盆、水盆摞在一起，预备扔掉。已经第三天黄昏了，它不会回来了。可是姐姐又把盆子摆开。才刚三天呢，鲁鲁会回来的。

这时有什么东西在院门上抓挠。妈妈小心地走到门前听。姐姐忽然叫起来冲过去开了门。"鲁鲁！"果然是鲁鲁，正坐在门口咻咻地望着他们。姐姐弯腰抱着它的头，它舔姐姐的手。"鲁鲁！"弟弟也跑过去欢迎。它也舔弟弟的手，小心地绕着弟弟跑了两圈，留神不把他撞倒。它蹭蹭妈妈，给她作揖，但是不舔她，因为知道她不喜欢。鲁鲁还懂得进屋去找爸爸，钻在书桌下蹭爸爸的腿。那晚全家都高兴极了。连菲菲都对鲁鲁表示欢迎，怯怯地走上来和鲁鲁嗅鼻子。

从此鲁鲁正式成为这个家的一员了。它忠实地看家，严格地听从命令，除了常在夜晚出门，简直无懈可击。它会超出狗的业务范围，帮菲菲捉老鼠。老鼠钻在阴沟里，菲菲着急地跑来跑去，怕老鼠逃了，鲁鲁便去守住一头，菲菲守住另一头。鲁鲁把尖嘴伸进盖着石板的阴沟，低声吼着。老鼠果然从另一头溜出来，落在菲菲的爪下。由此爸爸考证说，鲁鲁本是一条猎狗，至少是猎狗的后裔。

姐姐和弟弟到山下去买豆腐，鲁鲁总是跟着。它很愿意咬住篮子，但是它太矮了，只好空身跑。它常常跑在前面，不见了，然后忽然从草丛中冲出来。它总是及时收住脚步，从未撞倒过孩子。卖豆腐的老人有时扔给鲁鲁一块肉骨头，鲁鲁便给他作揖，引得老人哈哈大笑。姐姐弟弟有时和村里的孩子们一起玩，鲁鲁便耐心地等在一边。似乎它对那游戏也感兴趣。

村边有一条晶莹的小溪，岸上有些闲花野草，浓密的柳荫沿着河堤铺开去。他们三个常到这里，在柳荫下跑来跑去，或坐着讲故事。住在邻省T市的唐伯伯，是爸爸的好友，一次到范家来，看见这幅画面，曾慨叹道他若是画家，一定画出这绿柳下、小河旁的两个穿土布衣裳的孩子和一条白狗，好抚一抚战争的创伤。唐伯伯还说鲁鲁出自狗中名门世族。但范家人并不关心这个。鲁鲁自己也毫无兴趣。

其实鲁鲁并不总是好听故事。它常跳到溪水里游泳。它是天生的游泳家，尖尖的嘴总是露在绿波面上。妈妈可不赞成他们到水边去。每次鲁鲁毛湿了，便责备它："你又带他们到哪儿去了！他们掉到水里怎么办！"她说着，鲁鲁抿着耳朵听着，好像它是那最大的孩子。

虽然妈妈责备，因姐姐弟弟保证决不下水，他们还是可以常到溪边去玩，不算是错误。一次鲁鲁真犯了错误。爸爸进城上课去了，他一周照例有三天在城里。妈妈到邻家守护一个病孩。妈妈上过两年护士学校，在这山村里义不容辞地成为医生。她临出门时一再对鲁鲁说:"要是家里没有你,我不能把孩子扔在家。有你我就放心了。我把他们两个交给你,行吗?"鲁鲁懂事地听着,摇着尾巴。"你夜里可不能出去,就在房里睡,行吗?"鲁鲁感觉到妈妈的手抚在背上的力量,它对于信任是从不辜负的。

鲁鲁常在夜里到附近山中去打活食。这里山林茂密,野兔、松鼠很多。它跑了一夜回来,总是精神抖擞,毛皮发出润泽的光。那是野性的、生命的光辉。活食辅助了范家的霉红米饭,那米是当作工资发下来的,霉味胜过粮食的香味。鲁鲁对米中一把把抓得起来的肉虫和米饭都不感兴趣。但这几天,它寸步不离地跟着姐姐弟弟,晚上也不出去。如果第四天不是赶集,他们三个到集上去了的话,鲁鲁禀赋的狗的弱点也还不会暴露。

这山村下面的大路是附近几个村赶集的地方,七天两头赶,每次都十分热闹。鸡鱼肉蛋,盆盆罐罐,还有鸟儿猫儿,都有卖的。姐姐来买松毛,那是引火用的,一辫辫编起来的松针,买完了便拉着弟弟的手快走。对那些明知没有钱买的好东西,根本不看。弟弟也支持她,加劲儿地迈着小腿。走着走着,发现鲁鲁不见了。"鲁鲁。"姐姐小声叫。这时听见卖肉的一带许多人又笑又嚷:"白狗耍把戏!来!翻个筋斗!会吗?"他们连忙挤过去,见鲁鲁正坐着作揖,要肉吃。

"鲁鲁!"姐姐厉声叫道。鲁鲁忙站起来跑到姐姐身边,仍回头看挂着的牛肉。那里还挂着猪肉、羊肉、驴肉、马肉。最吸引鲁

165

鲁的是牛肉。它多想吃！那鲜嫩的、带血的牛肉，它以前天天吃的。尤其是那生肉的气味，使它想起追捕、厮杀、自由、胜利，想起没有尽头的林莽和山野，使它晕头转向。

卖肉人认得姐姐弟弟，笑着说："这洋狗到范先生家了。"说着顺手割下一块肉，往姐姐篮里塞。村民都很同情这些穷酸教书先生，听说一个个学问不小，可养条狗都没本事。

姐姐怎么也不肯要，拉着弟弟就走。这时鲁鲁从旁猛地一蹿，叼了那块肉，撒开四条短腿，跑了。

"鲁鲁！"姐姐提着装满松毛的大篮子，上气不接下气地追，弟弟也跟着跑。人们一阵哄笑，那是善意的、好玩的哄笑，但听起来并不舒服。

等他们跑到家，鲁鲁正把肉摆在面前，坐定了看着。它讨好地迎着姐姐，一脸奉承，分明是要姐姐批准它吃那块肉。姐姐扔了篮子，双手捂着脸，哭了。

弟弟着急地给她递手绢，又跺脚训斥鲁鲁："你要吃肉，你走吧！上山里去，上别人家去！"鲁鲁也着急地绕着姐姐转，伸出前脚轻轻抓她，用头蹭她，对那块肉没有再看一眼。

姐姐把肉埋在院中树下。后来妈妈还了肉钱，也没有责备鲁鲁。因为事情过了，责备它是没有用的。鲁鲁却竟渐渐习惯少肉的生活，隔几天才夜猎一次。和荒野的搏斗比起来，它似乎更依恋人所给予的温暖。爸爸说，原来箪食瓢饮，狗也能做到的。

鲁鲁还犯过一回严重错误,那是无可挽回的。它和菲菲是好朋友,常闹着玩。它常把菲菲一拱,让菲菲连翻几个身,菲菲会立刻又扑上来,和它打闹。冷天时菲菲会离开自己的窝,挨着鲁鲁睡。这一年菲菲生了一窝小猫,对鲁鲁凶起来。鲁鲁不识趣,还伸嘴到它窝里,嗅嗅它的小猫。菲菲一掌打在鲁鲁鼻子上,把鼻子抓破了。鲁鲁有些生气,一半也是闹着玩,把菲菲轻轻咬住,往门外一扔。不料菲菲惨叫一声,在地上扑腾几下,就断了气。鲁鲁慌了,过去用鼻子拱它,把它连翻几个身,但它不像往日一样再扑上来,它再也不能动了。

妈妈走出房间看时,见鲁鲁坐在菲菲旁边,唧唧咛咛地叫。它见了妈妈,先是愣了一下,随即趴在地上,腹部着地,一点一点往妈妈脚边蹭,一面偷着翻眼看妈妈脸色。妈妈好不生气:"你这只狗!不知轻重!一窝小猫怎么办!你给养着!"妈妈把猫窝戳在鲁鲁面前。鲁鲁吓得又往后蹭,还是不敢站起来。姐姐弟弟都为鲁鲁说情,妈妈执意要打。鲁鲁慢慢退进了里屋。大家都以为它躲打,跟进去看,见它蹭到爸爸脚边,用后腿站起来向爸爸作揖,一脸可怜相,原来是求爸爸说情。爸爸摸摸它的头,看看妈妈的脸色,乖觉地说:"少打几下,行吗?"妈妈倒是破天荒地准了情,说绝不多打,不过鲁鲁是狗,不打几下,不会记住教训,她只打了鲁鲁三下,每下都很重,鲁鲁哼哼唧唧地小声哭,可是服帖地趴着受打。房门、院门都开着,它没有一点逃走的意思,连爸爸也离开书桌看着鲁鲁说:"小杖则受,大杖则走。看来你大杖也不会走的。"

鲁鲁受过杖,便趴在自己窝里。妈妈说它要忏悔,不准姐姐弟弟理它。姐姐很为菲菲和小猫难受,也为鲁鲁难受。她知道鲁鲁不是故意的。晚饭没有鲁鲁的份,姐姐悄悄拿了水和剩饭给它。鲁鲁呜咽着舐她的手。

和鲁鲁的错误比起来,它的功绩要大得多了。一天下午,有一家请妈妈去看一位孕妇。她本来约好往一个较远的村庄去给一个病人送药,这任务便落在姐姐身上。姐姐高兴地把药装好。弟弟和鲁鲁都要跟去,因为那段路远,弟弟又不大舒服,遂决定鲁鲁陪弟弟在家。妈妈和姐姐一起出门,分道走了。鲁鲁和弟弟送到庙门口,看着姐姐的土布衣裳的淡黄色消失在绿丛中。

妈妈到那孕妇家,才知她就要临盆。便等着料理,直到婴儿呱呱坠地,一切停妥才走。到家已是夜里十点多了,只见家中冷清清地点着一盏煤油灯。鲁鲁哼唧着在屋里转来转去。弟弟一见妈妈便扑上来哭了。"姐姐,"他说,"姐姐还没回家——"

爸爸不在家。妈妈定了定神,转身到最近的同事家,叫起那家的教书先生,又叫起房东,又叫起他们认为该叫的人。人们焦急地准备着灯笼火把。这时鲁鲁仍在妈妈身边哼着,还踩在妈妈脚上,引她注意。弟弟忽然说:"鲁鲁要去找姐姐。"妈妈一愣,说:"快去!鲁鲁,快去!"鲁鲁像离弦的箭一样,一下蹿出好远,很快就被黑暗吞没了。

鲁鲁用力跑着。姐姐带着的草药味，和着姐姐本身的气味，形成淡淡的芳香，指引它向前跑。一切对它都不存在。黑夜、树木、路旁汩汩的流水，都是那样虚幻，只有姐姐的缥缈的气味是最实在的。可它居然一度离开那气味，不向前过桥，却抄近下河，游过溪水，又插上小路。那气味又有了，鲁鲁一点没有为自己的聪明得意，只是认真地跑着，一直跑进了坐落在另一个山谷的村庄。

　　村里一片漆黑，人们都睡了。它跑到一家门前，着急地挠门。气味断了，姐姐分明走进门去了。它挠了几下，绕着院墙跑到后门，忽然又闻见那气味，只没有了草药。姐姐是从后门出来，走过村子，上了通向山里的蜿蜒小路。鲁鲁一刻也不敢停，伸长舌头，努力地跑。树更多了，草更深了。植物在夜间的浓烈气息使得鲁鲁迷惑，它仔细辨认那熟悉的气味，在草丛中追寻。草莽中的小生物吓得四面奔逃。鲁鲁无暇注意那是什么。那时便有最鲜美的活食在它嘴下，它也不会碰一碰的。

　　终于在一棵树下，一块大石旁，鲁鲁看见了那土布衣裳的淡黄色。姐姐靠在大石上睡着了。鲁鲁喜欢得横蹦竖跳，自己乐了一阵，然后坐在地上，仔细看着姐姐，然后又绕她走了两圈，才伸前脚轻轻推她。

　　姐姐醒了。她惊讶地四处看着，又见一弯新月，照着黑黝黝的树木、草莽、山和石。她恍然地说："鲁鲁，该回家了。妈妈急坏了。"她想抓住鲁鲁的项圈，但她已经太高了，遂脱下外衣，拴在

169

项圈上。鲁鲁乖乖地引路,一路不时回头看姐姐,发出呜呜的高兴的声音。

"你知道吗?鲁鲁,我只想试试,能不能也做一个吕克大梦[1]。"姐姐和它推心置腹地说,"没想到这么晚了。不过离二十年还差得远。"

他们走到堤上时,看见远处树丛间一闪一闪的亮光。不一会儿人声沸腾,是找姐姐的队伍来了。他们先看见雪白的鲁鲁,好几个声音叫它,问它,就像它会回答似的。它的回答是把姐姐越引越近,姐姐投在妈妈怀里时,它担心地坐在地上看。它怕姐姐要受罚,因为谁让妈妈着急生气都要受罚的,可是妈妈只拥着她,温和地说:"你不怕醒来就见不着妈妈了吗?""我快睡着时,忽然害怕了,怕一睡二十年。可是已经止不住,糊里糊涂睡着了。"人们一阵大笑,忙着议论,那山上有狼,多危险!谁也不再理鲁鲁了。

爸爸从城里回来后,特地找鲁鲁握手,谢谢它。鲁鲁却已经不大记得自己的功绩,只是这几天饭里居然放了牛肉,使它很高兴。

又过些时,姐姐弟弟都在附近学校上学了。那也是城里迁来的。姐姐上中学,弟弟上小学。鲁鲁每天在庙门口看着他们走远,又在山坡下等他们回来。它还是在草丛里跑,跟着去买豆腐。又有

---

[1] 吕克大梦,指美国前期浪漫主义作家华盛顿·欧文(1783—1859)的著名作品。小说中写一个农民瑞普·凡·温克尔上山打猎,遇见一群玩九柱戏的人,温克尔喝了他们的酒,沉睡了二十年,醒来见城廓全非。——作者

一阵姐姐经常生病，每次她躺在床上，鲁鲁都很不安，好像要遇到什么危险似的。卖豆腐的老人特地来说，姐姐多半得罪了山灵，应该到鲁鲁找到姐姐的地方去上供。爸爸妈妈向他道谢，却说什么营养不良、肺结核。鲁鲁不懂他们的话，如果懂得，它一定会代姐姐去拜访山灵的。

好在姐姐多半还是像常人一样活动，鲁鲁的不安总是短暂的。日子如同村边小溪潺潺的清流，不慌不忙，自得其乐。若是鲁鲁这时病逝，它就是世界上最幸福的狗了。但是它很健康，雪白的长毛亮闪闪的，身体的线条十分挺秀。没人知道鲁鲁的年纪，却可以看出，它离衰老还远。

村边小溪静静地流，不知大江大河里怎样掀着巨浪。终于有一天，日本投降的消息传到这小村，整个小村沸腾了，赛过任何一次赶集。人们以为熬出头了。爸爸把妈妈一下子紧紧抱住，使得另外三个成员都很惊讶。爸爸流着眼泪说："你辛苦了，你太辛苦了。"妈妈呜呜地哭起来。爸爸又把姐姐弟弟也揽了过来，四人抱在一起。鲁鲁连忙也把头往缝隙里贴。这个经历了无数风雨艰辛的亲爱的小家庭，怎么能少得了鲁鲁呢？

"回北平去！"弟弟得意地说。姐姐蹲下去抱住鲁鲁的头。她已经是一个窈窕的少女了。他们绝没有想到鲁鲁是不能去的。

范家已经家徒四壁，只有一双宝贝儿女和爸爸几年来在煤油灯下写的手稿。他们要走很方便。可是还有鲁鲁呢。鲁鲁留在这里，会发疯的。最后决定带它到 T 市，送给爱狗的唐伯伯。

经过一阵忙乱，一家人上了汽车。在那一阵忙乱中，鲁鲁总是很不安，夜里无休止地做梦。它梦见爸爸、妈妈、姐姐和弟弟都走了。只剩下它，孤零零在荒野中奔跑。而且什么气味也闻不见，这使它又害怕又伤心。它在梦里大声哭，妈妈就过来推醒它，然后和爸爸讨论："狗也会做梦吗？""我想——至少鲁鲁会的。"

鲁鲁居然也上了车。它高兴极了，安心极了。它特别讨好地在妈妈身上蹭。妈妈叫起来："去！去！车本来就够颠的了。"鲁鲁连忙钻在姐姐弟弟中间，三个伙伴一起随着车的颠簸摇动，看着青山慢慢往后移；路在前面忽然断了，转过山腰，又显现出来，总是无限地伸展着。

上路第二天，姐姐就病了。爸爸说她无福消受这一段风景。她在车上躺着，到旅店也躺着。鲁鲁的不安超过了她任何一次病时。它一刻不离地挤在她脚前，眼光惊恐而凄凉。这使妈妈觉得不吉利，很不高兴。"我们的孩子不至于怎样。你不用担心，鲁鲁。"她把它赶出房门，它就守在门口。弟弟很同情它，向它详细说明情况，说回到北平可以治好姐姐的病，说交通不便，不能带鲁鲁去，自己和姐姐都很伤心；还说唐伯伯是最好的人，一定会和鲁鲁要好。鲁鲁听不懂这么多话，但是安静地听着，不时舐舐弟弟的手。

T 市附近，有一个著名的大瀑布。十里外便听得水声隆隆。车经这里，人们都下车到观瀑亭上去看。姐姐发着烧，还执意要下车。于是爸爸在左，妈妈在右，鲁鲁在前，弟弟在后，向亭上走去。急遽的水流从几十丈的绝壁跌落下来，在青山翠峦中形成一个小湖，水汽迷蒙，一直飘到观瀑亭上。姐姐觉得那白花花的厚重的半透明的水幔和雷鸣般的轰响仿佛离她很远。她努力想走近些看，但它们越来越远，她什么也看不见了，倚在爸爸肩上晕了过去。

从此鲁鲁再也没有看见姐姐。没有几天，它就显得憔悴，白毛失去了光泽。唐家的狗饭一律有牛肉，它却嗅嗅便走开，不管弟弟怎样哄劝。这时的弟弟已经比姐姐高，是撞不倒的了。一天，爸爸和弟弟带它上街，在一座大房子前站了半天。鲁鲁很讨厌那房子的气味，哼哼唧唧要走。它若知道姐姐正在楼上一扇窗里最后一次看它，它会情愿在那里站一辈子，永不离开。

范家人走时，唐伯伯叫人把鲁鲁关在花园里。他们到医院接了姐姐，一直上了飞机。姐姐和弟弟为了不能再见鲁鲁，一起哭了一场。他们听不见鲁鲁在花园里发出的撕裂了的、变了声的嗥叫，他们看不见鲁鲁因为一次又一次想挣脱绳索磨掉了毛的脖子。他们飞得高高的，遗落了儿时的伙伴。

鲁鲁发疯似的寻找主人，时间持续得这样久，以致唐伯伯以为它真要疯了。唐伯伯总是试着和它握手，同情地、客气地说："请你住在我家，这不是已经说好了吗，鲁鲁。"

鲁鲁终于渐渐平静下来。有一天，又不见了。过了半年，大家早以为它已离开这世界，它竟又回到唐家。它瘦多了，完全变成一

173

只灰狗,身上好几处没有了毛,露出粉红的皮肤;颈上的皮项圈不见了,替代物是原来那一省的狗牌。可见它曾回去,又一次去寻找谜底。若是鲁鲁会写字,大概会写出它怎样戴露披霜,登山涉水;怎样被打被拴,而每一次都能逃走,继续它千里迢迢的旅程;怎样重见到小山上的古庙,却寻不到原住在那里的主人。也许它什么也写不出,因为它并不注意外界的凄楚,它只是要去解开内心的一个谜。它去了,又历尽辛苦回来,为了不违反主人的安排。当然,它究竟怎样想的,没有人——也没有狗能够懂得。

唐家人久闻鲁鲁的事迹,却不知它有观赏瀑布的癖好。它常常跑出城去,坐在大瀑布前,久久地望着那跌宕跳荡、白帐幔似的落水,发出悲凉的、撞人心弦的哀号。

那些鸟会认人

——刘亮程

我们搬走了，那窝老鼠还要生活下去，偷吃冯三的粮食。鸟会落在剩下的几棵树上。更多的鸟会落到别人家树上。也许全挤在我们砍剩的那几棵树上，叽叽喳喳一阵乱叫。鸟不知道院子里发生了啥事，但它们知道那些树不见了。筑着它们鸟窝的那些树枝乱扔在地上，精心搭筑的鸟窝和窝里的全部生活像一碗饭扣翻在地上。

冯三一个人在屋里听鸟叫。我们没有把鸟叫算成钱卖给冯三。我们带不走那些鸟。带不走筑着鸟窝的树枝。那些枝繁叶茂的树砍倒后，我们只拿走主干。其余的全扔在地上。我们经营了多少年才让成群的鸟落到院子，一早一晚，鸟的叫声像绵密细雨洒进粗糙的牛哞驴鸣里。那些鸟是我们家的。我们一家十六只耳朵听鸟叫。冯三这个人眼睛不好使，耳朵也有些背。从此那些鸟将没人听地叫下去，都叫些什么我们再不会知道。

　　大多是麻雀在叫。麻雀的口音与我们相近，一听就是很近的乡邻。树一房高时它们在树梢上筑窠，好像有点害怕我们，把窠藏在叶子中间，以为我们看不见。后来树一年年长高，鸟窠便被举到高处，都快高过房顶一房高了，可能鸟觉得太高了，下到地上啄食不方便，又往下挪了几个树枝，也不遮遮掩掩了。

　　夏天经常有身上没毛的小鸟从树上掉下来，像我们小时候从炕上掉下来一样，扯着嗓子直叫。大鸟也在一旁叫，它没办法把小鸟弄到窝里去，眼睁睁看着叫猫吃掉，叫一群蚂蚁活活拖走。碰巧被我们收工放学回来看见了，赶快捡起来，仰起头瞅准了是哪个窝里掉下来的，爬上树给放回去。

　　一般来说爬树都是我的事，四弟也很能爬树，上得比我还高。不过我们很少上到树上去惹鸟。鸟跟我们吵过好几架，有点怕惹它们了。一次是我上去送一只小鸟，爬到那个高过房顶的横枝上。窠里有八只鸟蛋的时候我偷偷上来过一次，蛋放在手心玩了好一阵又原样放进去。这次窝里伸出七八只小头，全对着我叫。头上一大群鸟在尖叫。鸟以为我要毁它的窝伤它的孩子，一会儿扑啦啦落在头顶树枝上，边叫边用雨点般的鸟粪袭击我。一会儿落到院墙上，对着我们家门窗直叫，嗓子都直了，叫出血了。那声音听上去就是在骂人。母亲烦了，出门朝树上喊一声："快下来，再别惹鸟了。"

　　另一次是风把晾在绳上的红被单刮到树梢，正好蒙在一个鸟窠

176

上，四弟拿一根木棍上去取，惹得鸟大叫了一晌午。

还有一次，一只鹞子落在树上，鸟全惊飞到房顶和羊圈棚上乱叫。狗也对着树上叫。鸡和羊也望着树上。我们走出屋子，见一只灰色大鸟站在树杈上。父亲说是鹞子，专吃鸽子和鸟，我捡了块土块扔过去，它飞走了。

除了麻雀，有时房檐会落两只喜鹊，树梢站一只猫头鹰，还有声音清脆的黄雀时时飞来。它们从不在我们家树上筑窠。好像也从不把黄沙梁当个村子。它们往别处去，飞累了落在树枝上歇会儿脚，对着院子里的人和牲畜叫几声。

"那堆苞谷赶紧收进去，要下雨啦。"

"镰刀用完了就挂到墙上。锨立在墙角。别满院子乱扔。"

我觉得它们像一些巡逻官，高高在上训我们，只是话音像唱歌一样好听。趁人不注意飞下来叼一口食，又远远飞走。飞出院子飞过村子，再几年都见不到。

"那些麻雀会认人呢。"我对父亲说，昨天我在南梁坡割草，一只麻雀老围着我叫，我以为它想偷吃我背包里的馍馍。我低头割草，它就落在前面的草枝上对着我叫，我捆草时它又落到地上对着我叫。后来我才发现是我们家树上的一只鸟，左爪内侧有一小撮白毛，在院子里胆子特别大，敢走到人脚边觅食吃，所以我认下了。刚才我又看见了它，站在白母羊背上捡草籽吃。

"鸟就是认人呢。"大哥也说,那天他到野滩打柴,就看见我们家树上几只鸟。也不知道它们跑那么远去干啥。是跟着牛车去的,还是在滩里碰上了。它们一直围着牛转,叽叽喳喳,像对人说话。大哥装好柴后它们落到柴车上,四只并排站在一根柴火上,一直乘着牛车回到家。

沙坪小屋的鹅

——丰子恺

抗战胜利后八个月零十天，我卖脱了三年前在重庆沙坪坝庙湾地方自建的小屋，迁居城中去等候归舟。

除了托庇三年的情感以外，我对这小屋实在毫无留恋。因为这屋太简陋了，这环境太荒凉了；我去屋如弃敝屣。倒是屋里养的一只白鹅，使我念念不忘。

这白鹅，是一位将要远行的朋友送给我的。这朋友住在北碚，特地从北碚把这鹅带到重庆来送给我。我亲自抱了这雪白的大鸟回家，放在院子内。它伸长了头颈，左顾右盼。我一看这姿态，想道："好一个高傲的动物！"凡动物，头是最主要的部分。这部分的形状，最能表明动物的性格。例如狮子、老虎，头都是大的，表示其力强；麒麟、骆驼，头都是高的，表示其高超；狼、狐、狗等，头都是尖的，表示其刁奸猥鄙；猪猡、乌龟等，头都是缩的，表示其冥顽愚蠢。鹅的头在比例上比骆驼更高，与麒麟相似，正是高超的性格的表示。而它的叫声、步态、吃相，更表示出一种傲慢之气。

鹅的叫声，与鸭的叫声大体相似，都是"轧轧"然的，但音调上大不相同。鸭的"轧轧"，其音调琐碎而愉快，有小心翼翼的意味；鹅的"轧轧"，其音调严肃郑重，有似厉声呵斥。它的旧主人告诉我：养鹅等于养狗，它也能看守门户。后来我看到果然：凡有生客进来，鹅必然厉声叫嚣；甚至篱笆外有人走路，也要它引吭大叫，其叫声的严厉，不亚于狗的狂吠。狗的狂吠，是专对生客或宵小用的；见了主人，狗会摇头摆尾，呜呜地乞怜。鹅则对无论何人，都是厉声呵斥；要求饲食时的叫声，也好像大爷嫌饭迟而怒骂小使一样。

鹅的步态，更是傲慢了。这在大体上也与鸭相似。但鸭的步调急速，有局促不安之相。鹅的步调从容，大模大样的，颇像平剧里的净角出场。这正是它的傲慢的性格的表现。我们走近鸡或鸭，这鸡或鸭一定让步逃走。这是表示对人惧怕。所以我们要捉住鸡或鸭，颇不容易。那鹅就不然：它傲然地站着，看见人走来简直不让；有时非但不让，竟伸过颈子来咬你一口。这表示它不怕人，看不起人。但这傲慢终归是狂妄的。我们一伸手，就可一把抓住它的项颈，而任意处置它。家畜之中，最傲人的无过于鹅，同时最容易捉住的也无过于鹅。

　　鹅吃饭，常常使我们发笑。我们的鹅是吃冷饭的，一日三餐。它需要三样东西下饭：一样是水，一样是泥，一样是草。先吃一口冷饭，次吃一口水，然后再到某地方去吃一口泥及草。这地方是它自己选定的，选的目标，我们做人的无法知道。大约泥和草也有各种滋味，它是依着它的胃口而选定的。这食料并不奢侈，但它的吃法，三眼一板，丝毫不苟。譬如吃了一口饭，倘水盆偶然放在远处，它一定从容不迫地踏大步走上前去，饮水一口，再踏大步走到一定的地方去吃泥、吃草。吃过泥和草再回来吃饭。这样从容不迫地吃饭，必须有一个人在旁侍候，像饭馆里的侍者一样。因为附近的狗都知道我们这位鹅老爷的脾气，每逢它吃饭的时候，狗就躲在篱边窥伺。等它吃过一口饭，踏着方步去吃水、吃泥、吃草的当儿，狗就敏捷地跑上来，努力地吃它的饭。没有吃完，鹅老爷偶然早归，伸颈去咬狗，并且厉声叫骂，狗立刻逃往篱边，蹲着静候；看它再吃了一口饭，再走开去吃水、吃草、吃泥的时候，狗又敏捷地跑上来，这回就把它的饭吃完，扬长而去了。等到鹅再来吃饭的时候，饭罐已经空空如也。鹅便昂首大叫，似乎责备人们供养不周。这时我们便替它添饭，并且站着侍候。因为邻近狗很多，一狗方去，一狗又来蹲着窥伺了。邻近的鸡也很多，也常蹑手蹑脚地来偷鹅的饭吃。我们不胜其烦，以后便将饭罐和水盆放在一起，免得它走远去，让鸡、狗偷饭吃，然而它所必需的盛馔——泥和草，所在的地点远近无定。为了找这盛馔,它仍是要走远去的。因此鹅吃饭,非有人侍候不可。真是架子十足的!

鹅,不拘它如何高傲,我们始终要养它,直到房子卖脱为止。因为它对我们,物质上和精神上都有贡献,使主母和主人都欢喜它。物质上的贡献,是生蛋。它每天或隔天生一个蛋,篱边特设一堆稻草,鹅蹲伏在稻草中了,便是要生蛋了。家里的小孩子更兴奋,站在它旁边等候。它分娩毕,就起身,大踏步走进屋里去,大声叫开饭。这时候孩子们把蛋热热地捡起,藏在背后拿进屋子来,说是怕鹅看见了要生气。鹅蛋真是大,有鸡蛋的四倍呢!主母的蛋篓子内积得多了,就拿来制盐蛋,炖一个盐鹅蛋,一家人吃不了!工友上街买菜回来说:"今天菜市上有卖鹅蛋的,要四百元一个,我们的鹅每天挣四百元,一个月挣一万二,比我们做工还好呢。哈哈哈哈。"大家陪他"哈哈哈哈"。望望那鹅,它正吃饱了饭,昂胸凸肚地,在院子里跨方步,看野景,似乎更加神气活现了。但我觉得,比吃鹅蛋更好的,还是它的精神的贡献。因为我们这屋实在太简陋,环境实在太荒凉,生活实在太岑寂了。赖有这一只白鹅,点缀庭院,增加生气,慰我寂寥。

且说我这屋子,真是简陋极了:篱笆之内,地皮二十方丈[1],屋所占的只六方丈,其余算是庭院。这六方丈上,建着三间"抗建式"

---

[1] 平方丈。1亩等于60平方丈。——编者

平屋，每间前后划分为二室，共得六室，每室平均一方丈。中央一间，前室特别大些，约有一方丈半弱，算是食堂兼客堂；后室就只有半方丈强，比公共汽车还小，作为家人的卧室。西边一间，平均划分为二，算是厨房及工友室。东边一间，也平均划分为二，后室也是家人的卧室，前室便是我的书房兼卧房。三年以来，我坐卧写作，都在这一方丈内。归熙甫《项脊轩记》中说："室仅方丈，可容一人居。"又说："雨泽下注，每移案，顾视无可置者。"我只有想起这些话的时候，感觉得自己满足。我的屋虽不上漏，可是墙是竹制的，单薄得很。夏天九点钟以后，东墙上炙手可热，室内好比开放了热水汀。这时候反叫人盼望警报，可到六七丈深的地下室去凉快一下呢。

　　竹篱之内的院子，薄薄的泥层下面尽是岩石，只能种些番茄、蚕豆、芭蕉之类，却不能种树木。竹篱之外，坡岩起伏，尽是荒郊。因此这小屋赤裸裸的，孤零零的，毫无依蔽；远远望来，正像一个亭子。我长年坐守其中，就好比一个亭长。这地点离街约有里许，小径迂回，不易寻找，来客极稀。杜诗"幽栖地僻经过少"一句，这屋可以受之无愧。风雨之日，泥泞载途，狗也懒得走过，环境荒凉更甚。这些日子的岑寂的滋味，至今回想还觉得可怕。

　　自从这小屋落成之后，我就辞绝了教职，恢复了战前的闲居生活。我对外间绝少往来，每日只是读书、作画、饮酒、闲谈而已。我的时间全部是我自己的。这是我的性格的要求，这在我是认为幸福的。然而这幸福必需两个条件：在太平时，在都会里。如今在抗战期，在荒村里，这幸福就伴着一种苦闷——岑寂。为避免这苦闷，我便在读书、作画之余，在院子里种豆、种菜、养鸽、养鹅。而鹅给我的印象最深。因为它有那么庞大的身体、那么雪白的颜色、那么雄壮的叫声、那么轩昂的态度、那么高傲的脾气和那么可笑的行为。在这荒凉岑寂的环境中，这鹅竟成了一个焦点。凄风苦雨之日，手酸意倦之时，推窗一望，死气沉沉；唯有这伟大的雪白的东西，高擎着琥珀色的喙，在雨中昂然独步，好像一个武装的守卫，使得这小屋有了保障，这院子有了主宰，这环境有了生气。

我的小屋易主的前几天，我把这鹅送给住在小龙坎的朋友人家。送出之后的几天内，颇有异样的感觉。这感觉与诀别一个人的时候所发生的感觉完全相同，不过分量较为轻微而已。原来一切众生本是同根，凡属血气，皆有共感。所以这禽鸟比这房屋更是牵惹人情，更能使人留恋。现在我写这篇短文，就好比为一个永诀的朋友立传，写照。

这鹅的旧主人姓夏名宗禹，现在与我邻居着。

一九四六年四月二十五日于重庆

珍珠鸟

——冯骥才

真好！朋友送我一对珍珠鸟。放在一个简易的竹条编成的笼子里，笼内还有一卷干草，那是小鸟舒适又温暖的巢。

有人说，这是一种怕人的鸟。

我把它挂在窗前。那儿还有一盆异常茂盛的法国吊兰。我便用吊兰长长的、串生着小绿叶的垂蔓蒙盖在鸟笼上，它们就像躲进深幽的丛林一样安全。从中传出的笛儿般又细又亮的叫声，也就格外轻松自在了。

阳光从窗外射入，透过这里，吊兰那些无数指甲状的小叶，一半成了黑影，一半被照透，如同碧玉，斑斑驳驳，生意葱茏。小鸟的影子就在这中间隐约闪动，看不完整，有时连笼子也看不出，却见它们可爱的鲜红小嘴从绿叶中伸出来。

我很少扒开叶蔓瞧它们,它们便渐渐敢伸出小脑袋瞅瞅我。我们就这样一点点熟悉了。

三个月后,那一团愈发繁茂的绿蔓里边,发出一种尖细又娇嫩的鸣叫。我猜到,是它们有了雏儿。我呢?决不掀开叶片往里看,连添食加水时也不睁大好奇的眼去惊动它们。过不多久,忽然有一个小脑袋从叶间探出来。更小哟,雏儿!正是这个小家伙!

它小,就能轻易地由疏格的笼子钻出身。瞧,多么像它的母亲。红嘴红脚,灰蓝色的毛,只是后背还没有生出珍珠似的圆圆的白点。它好肥,整个身子好像一个蓬松的球儿。

起先,这小家伙只在笼子四周活动,随后就在屋里飞来飞去。一会儿落在柜顶上;一会儿神气十足地站在书架上,啄着书背上那些大文豪的名字;一会儿把灯绳撞得来回摇动,跟着跳到画框上去了。只要大鸟在笼里生气地叫一声,它立即飞回笼里去。

我不管它。这样久了,打开窗子,它最多只在窗框上站一会儿,决不飞出去。

渐渐它胆子大了,就落在我书桌上。

它先是离我较远,见我不去伤害它,便一点点挨近,然后蹦到我的杯子上,俯下头来喝茶,再偏过脸瞧瞧我的反应。我只是微微一笑,依旧写东西,它就放开胆子跑到稿纸上,绕着我的笔尖蹦来蹦去,跳动的小红爪子在纸上发出嚓嚓响。

我不动声色地写,默默享受着这小家伙亲近的情意。这样,它完全放心了。索性用那涂了蜡似的、角质的小红嘴,"嗒嗒"啄着我颤动的笔尖。我用手抚一抚它细腻的绒毛,它也不怕,反而友好地啄两下我的手指。

有一次,它居然跳进我的空茶杯里,隔着透明光亮的玻璃瞅我。它不怕我突然把杯口捂住。是的,我不会。

白天,它这样淘气地陪伴我;天色入暮,它就在父母的再三呼唤声中,飞向笼子,扭动滚圆的身子,挤开那些绿叶钻进去。

有一天,我伏案写作时,它居然落到我的肩上。我手中的笔不觉停了,生怕惊跑它。待一会儿,扭头看,这小家伙竟趴在我的肩头睡着了,银灰色的眼睑盖住眸子,小红脚刚好给胸脯上长长的绒毛盖住。我轻轻抬一抬肩,它没醒,睡得好熟!还呷呷嘴,难道在做梦?

我笔尖一动,流泻下一时的感受:

信赖,往往创造出美好的境界。

一九八四年一月于天津

辑六

走夜路请放声歌唱

亲爱的,
哪怕后来去到了城市,
走夜路时也要大声地唱歌。

光与影

——迟子建

光肯定不单单是为了黑暗而存在的，因为光也生长在光明的时刻。比如白昼时大地上飞舞的阳光，它就是光明中的光明。当然，大多的光是因了黑暗的存在而存在的，生长这样光明的物品有：蜡烛、油灯、马灯、电灯泡、灯笼、篝火，等等。月亮和星星无疑也是生长在黑暗中的光明，但它们可能是无意识地生长的，所以对待黑暗的态度也相对宽容些。月亮有圆有缺，即使它满月时，也可能一头扎进乌云的大厚被子中蒙头大睡，全不管有多少夜行人等待它的光明。星星呢，它们的光暗淡的时候多于明亮时，所以人类想借助它们的光明是不大容易的。

我记忆最深的光，是烛光。上小学的时候，山村还没有通电，就得用烛光撕裂长夜了。那时供销社里卖得最多的是蜡烛，蜡烛多是五支一包，用黄纸裹着。当然也有十支一包的，那样的蜡烛就比较细了。蜡烛白色的居多，但也有红色的，人们喜欢买上几包红蜡烛，留到节日去点。所以供销社里一旦进了红蜡烛，买它的人就会挤破门槛。在那个年代，蜡烛是完全可以作为礼品送人的。正月串亲戚的人的礼品袋中，除了鸡、鸭、罐头和布匹外，很可能就会有几包蜡烛。懂得节省的人家，一支蜡烛能使上四五天，只要月亮的光能借上，他们就会敞开门窗，让月光奔涌而入，刷碗扫地，洗衣铺炕。我最爱做的，就是剪烛花。蜡烛燃烧半小时左右，棉芯就会跳出猩红的火花，如果不剪它，费蜡烛不说，它还会淌下串串烛泪，脏了蜡烛。

我剪烛花，不像别人似的用剪刀，我用的是自己的手，将大拇指和二拇指并到一起，屏住气息探进烛苗，尖锐的指甲盖比剪刀还要锋利，一截棉芯被飞快地掐折了，蜡烛的光焰又变得斯文了。我这样做，从未把手烧着，不是我肉皮厚，而是做这一切眼疾手快，火还没来得及舔舐我。烧剩的蜡烛瘪着身子，但它们也不会被扔掉，女孩子们喜欢把它们攒到一起，用一个铁皮盒盛了，坐到火炉上，熔化了它们，采来几枝干树枝，用手指蘸着滚烫的烛油捏蜡花。蜡花如梅花，看上去晶莹璀璨，有喜欢粉色的，就在蜡烛中添上一截红烛，熔化后捏出的蜡花就是粉红色的了。在那个年代，谁家的柜子和窗棂里没有插着几枝蜡花呢！看来光的结束也不总是黑暗，通过另一种渠道，它们又会获得明媚的新生。

光中最不令我喜欢的就是阳光了。往往我还没有睡足呢，它就把窗户照得雪亮了。夏天的时候，它会晃得你睁不开眼睛，让人在强烈的光明中反倒有失明的感觉。不过我不讨厌黄昏时刻的阳光，它们简直就是从天堂播撒下来的一道道金线，让大地透出辉煌。比较而言，月光是最不令人厌烦的了，也许有强大的黑暗作为映衬，它的光总是柔柔的，带着股如烟似雾的缥缈气息，给人带来无边的遐想和温存的心境。好的月光质感强烈，你觉得落到手上的仿佛不是光，而是绸带，顺手可以用来束头发的。而且泻在山山水水的月光也不像阳光那样贫乏，月光使山变得清幽，让水变得柔情，流水裹挟着月光向前，让人觉得河面像根巨大的琴弦一样灿烂，清风轻轻抚过，它就会发出悠扬的乐声。

马灯和油灯，因为有了玻璃灯罩作为衬托，其性质有点像后来的电灯了。很奇怪，我印象中使马灯的都是些老气横秋的更夫和马倌，他们提着它，要么去给牲口喂夜草，要么去检查门闩是否闩上了。而掌着油灯的人呢，又多数是年老的妇人，她们守着油灯纳鞋底或者是补衣裳，油灯那如豆的火苗一耸一耸的，映着她们花白的头发和衰老平和的面庞。所以我觉得马灯和油灯与棺材前的长明灯密切相关，因为使着这两种灯的人，离点长明灯的日子是不远的了。

有了光，而又有了形形色色的天上和人间的事物，就有了影子。云和青山有影子，它们的影子往往是投映在水面上了；树、房

193

屋、牲畜、篱笆、人、花朵与飞鸟，都会产生影子。有些影子是好看的，如月光下被清风摇曳的树影，黄昏时水面漂泊的夕阳的影子，以及烛光中小花猫蹑手蹑脚偷食儿的影子。我印象最深的影子，是烛光反射到墙面的影子，它们有桌子的影子，有花瓶的影子，有插在柜角的鸡毛掸子的影子，也有人影。这些上了墙的影子随着光的变幻而变幻着，忽而胖了，忽而又瘦了；忽而长了，忽而又短了，让人觉得影子毕竟是影子，一从实物中脱离出来，它就走了样了。

　　老人们爱说，一个人有影子是好事情，要是有一天你发现自己的影子消失了，说明你离做鬼的日子不远了。所以我从小特别恐惧看自己的影子。它在，你可以气定神凝；一旦寻不着它，真的会急出一身冷汗，以为身后已经跟着一群小鬼了。而一个人即使沐浴在光明中，也并不总能看到自己的影子。而且，自己的影子有时也会吓着自己，比如走夜路的时候，我在前面走，我的影子就跟在我后面走，让我觉得身后跟着一个人，惴惴不安的。回过头一望，影子却不见了，可当你转过身接着行走的时候，影子又跟在身后了，甩也甩不掉，就像一条忠诚于主人的狗一样，一直跟着你。

　　在光与影的回忆中，有一把小提琴的影子会浮现出来。我家的墙壁上挂着一把小提琴，只有父亲能让它歌唱。它的旋律响起来的时候，即使在阴郁的天气中，你仍能感受到光明。"文革"中，那把小提琴被砸烂了，因为那是属于小资阶级的东西。琴声能流淌出光明，这样的光明能照亮人荒芜的心，可是这种光明是看不到影子的，如果用老人们的说法去推理它，音乐与鬼魅就是难解难分的了。难怪最忧伤、最动人的旋律在给人带来心灵光明的时候，也会在一个特殊年代带来生活上的灾难，因为音乐带着鬼啊。

生活的富足，使马灯、油灯渐次别我们而去了，烛台也只成了一种时髦的展览了。当我们踏着繁华街市中越来越绚丽的霓虹灯的灯影归家，为再也找不见旧时灯影的痕迹而发出一声叹息的时候，那些灯影斑驳的往事，注定会在午夜梦回时幽幽地呈现。

冬夜记

——李娟

小时候的富蕴县，冬天真冷啊。睡到天亮，脚都是冰凉的。我和我妈睡一个被窝，每当我的脚不小心触到她时，总会令她惊醒于尖锐的冰意。被子那么厚，那么沉，却是个大冰箱，把我浑身的冰冷牢牢保存。然而被子之外更冷。我俩睡在杂货店的货架后面。炉火烧到前半夜就熄透了，冷却后的铁皮炉和铁皮火墙比一切的寒冷都冷。那时，我还是个八九岁的孩子，就已经开始失眠了。我总是静静躺在黑暗中，相峙于四面八方的坚固寒意。不只是冷，潜伏于白昼中的许多细碎恍惚的疑惑也在这寒冷中渐渐清晰，膨胀，进裂，枝繁叶茂。我正在成长。一遇到喧嚣便欢乐，一遇到寂静便恐慌。我睡不着，又不敢翻身。若惊醒我妈，她有时会温柔地哄我，有时会烦躁地打骂我。我不知道哪一个是真实的她。我活了不到十年,对所处世界还不太熟悉、不太理解。好在不到十年就已经攒存了许多记忆,便一桩桩一件件细细回想。黑暗无限大。我一面为寒冷而痛苦,一面又为成长而激动。

就在这时,有一个姑娘远远走来了。

我过于清晰地感觉到她浑身披戴月光前来的模样。她独自穿过长长的、铺满冰雪的街道,坚定地越来越近。仿佛有一个约定已被我忘记,但她还记着。

我倾听许久,终于响起了敲门声。我惊醒般翻身坐起,听到我妈大喊:"谁?"

仿佛几经辗转,我俩在这世上的联系仍存一线细细微光。仿佛再无路可走,她沿光而来。在门的另一边轻盈停止,仿佛全新。

她的声音清晰响起:"我要一个'宝葫芦'。雪青色的。"

我妈披衣起身,持手电筒走向柜台。我听见她寻摸了一阵,又向门边走去。我裹着被子,看到手电筒的光芒在黑暗中晃动,看到一张纸币从门缝里递进来,又看到我妈把那个小小的玻璃饰品从门缝塞出去。这时,才真正醒来。

小时候的富蕴县真远啊。真小。就四五条街道,高大的杨树和白桦树长满街道两侧,低矮的房屋深深躲藏在树荫里。从富蕴县去乌鲁木齐至少得坐两天车。沿途漫长的无人区。我妈每年去乌鲁木齐进两到三次货。如果突然有一天,县里所有的年轻姑娘都穿着白色"珠丽纹"衬衫、黑色大摆裙及黑色长筒袜;或者突然一天,所有人不停哼唱同一个磁带专辑的歌——那一定是我家的小店刚进了新货。在小而遥远的富蕴县，我家小店是一面可看到外面世界些微繁华的小小窗口。

又有一天，所有年轻人每人颈间都挂着一枚葫芦形状的玻璃吊坠，花生大小，五颜六色，晶莹可爱。"宝葫芦"是我妈随口取的名字，一旦叫开了，又觉得这是唯一适合它的名字。我知道它的畅销，却从不曾另眼相看。还有"雪青色"，也从不觉得有什么特别。然而一夜之间突然开窍。从此一种颜色美于另一种颜色，一个人比另一个人更令人记挂。原来世上所有美丽的情感不过源于偏见罢了。我偏就喜欢雪青色，偏要迷恋前排左侧那个目光平静的男生。盲目任性，披荆斩棘。我在路上走着走着，总是不由自主跟上冬夜里前来的那个姑娘的脚步。我千万遍模仿她独自前行的样子，千万遍想象她暗中的美貌。又想象她已回到家中，怀揣"宝葫芦"推开房间门。想象那房间里一切细节和一切寂静。我非要跟她一样不可。仿佛只有紧随着她才能历经真正的女性的青春。

我总是反复想她只为一枚小小饰品冒夜前来的种种缘由。想啊想啊，最后剩下的那个解释最合我心意：她期待着第二日的约会，将新衣试了又试，难以入睡。这时，突然想起最近年轻人间很流行的一种饰品，觉得自己缺的正是它，便立刻起身，穿上外套，系紧围巾，推开门，心怀巨大热情投入黑暗和寒冷之中。

我见过许多在冬日的白天里现身的年轻姑娘，她们几乎长得一模一样，穿一样的外套，梳一样的辫子，佩戴一样的雪青色"宝葫芦"。她们拉开门，掀起厚重的门帘走进我家小店，冰冷而尖锐的香气迎面扑来。她们解开围巾，那香气猛然浓郁而滚烫。她们手指绯红，长长的睫毛上凝结着白色的冰霜，双眼如蓄满泪水般波光潋滟。她们拍打双肩的积雪，晃晃头发，那香气迅速生根发芽，在狭小而昏暗的杂货铺里开花结果。

我是矮小黯然的女童，站在柜台后的阴影处，是唯一的观众，仰望眼前青春盛况。我已经上三年级了，但过于瘦弱矮小，所有人都以为我只是幼儿园的孩子。说什么话都不避讳我。我默默听在耳里，记在心里，不动声色。晚上睡不着时，一遍又一遍回想。一时焦灼一时狂喜。眼前无数的门，一扇也打不开。无数的门缝，人影幢幢，嘈嘈切切。无数的路，无数远方。我压抑无穷渴望，急切又烦躁。这时敲门声响起。雪青色的"宝葫芦"在无尽暗夜中微微闪光。霎时所有门都开了，所有的路光明万里。心中雪亮，稳稳进入梦乡……然而仍那么冷。像是为了完整保存我不得安宁的童年，世上才有了冬天。

这世上那么多关于青春的比喻：春天般的，火焰般的，江河湖海般的……在我看来都模糊而虚张声势。然而我也说不清何为青春。只知其中的一种，它敏感、孤独、光滑、冰凉。它是雪青色的，晶莹剔透。它存放于最冷的一个冬天里的最深的一个夜里，静置在黑暗的柜台中。它只有花生大小。后来它挂在年轻的胸脯上，终日裹在香气里。

青春还有一个小小的整洁的房间，一床一桌，墙壁雪白，唯一的新衣叠放枕旁。是我终生渴望亲近的角落。小时候的自己常被年轻女性带去那样的空间。简朴的，芬芳的，强烈独立的。我坚信所有成长的秘密都藏在其中。我还坚信自己之所以总是长不大，正是缺少这样一个房间。我夜夜躺在杂货铺里睡不着，满货架的陈年商品一天比一天沉重，一夜比一夜冷。白天我缩在深暗的柜台后，永远只是青春的旁观者。

那时的富蕴县，少女约会时总会带个"小电灯泡"同去，以防人口舌。同时也源于女性的骄傲，向男方暗示自己的不轻浮。我常常扮演那个角色，一边在附近若无其事地玩耍，一边观察情意葳蕤的年轻男女。他们大部分时候窃窃私语，有时执手静默。还有时会突然争吵起来。后来一个扭头就走，一个失声大哭。

她大哭着冲向铺满冰雪的河面，扑进深深积雪，泪水汹涌，浑身颤抖。很久后渐渐平复情绪，她翻身平躺雪中，怔怔眼望上方深渊般的蓝天。脸颊潮红，嘴唇青白。冬天的额尔齐斯河真美啊！我陪在她旁边，默默感知眼前永恒存在的美景和永不消失的痛苦。就算心中已透知一切，也无力付诸言语。想安慰她，更是张口结舌。真恨自己的年幼。我与她静止在美景之中，在无边巨大的冬天里。

有时候我觉得，一切的困境全都出于自己缺了一枚"宝葫芦"。又有些时候，半夜起身，无处可去。富蕴县越来越远。可一到夜里我还是睡在货架后面。假如我翻身起床，向右走，走到墙边再左转，一直走到尽头，就是小店的大门。假如我拔掉别在门扣上的铁棍，拉开门，掀起沉重的棉被做的门帘，门帘后还有一道门，拨开最后一道门闩我就能离开这里了。可是没有敲门声，也没有"宝葫芦"。似乎一切远未开始又似乎早已结束。我困于冰冷的被窝，与富蕴县有关的那么多那么庞大沉重的记忆都温暖不了的一个被窝。躺在那里，缩身薄脆的茧壳中，侧耳倾听。似乎一生都处在即将长大又什么都没能准备好的状态中。突然又为感觉到衰老而惊骇。

故乡的食物

——汪曾祺

炒米和焦屑

小时读《板桥家书》,"天寒冰冻时,穷亲戚朋友到门,先泡一大碗炒米送手中,佐以酱姜一小碟,最是暖老温贫之具",觉得很亲切。郑板桥是兴化人,我的家乡是高邮,风气相似。这样的感情,是外地人们不易领会的。炒米是各地都有的。但是很多地方都做成了炒米糖。这是很便宜的食品。孩子买了,咯咯地嚼着。四川有"炒米糖开水",车站码头都有的卖,那是泡着吃的。但四川的炒米糖似也是专业的作坊做的,不像我们那里。我们那里也有炒米糖,像别处一样,切成长方形的一块一块。也有搓成圆球的,叫作

"欢喜团"。那也是作坊里做的。但通常所说的炒米,是不加糖粘结的,是"散装"的;而且不是作坊里做出来,是自己家里炒的。

说是自己家里炒,其实是请了人来炒的。炒炒米也要点手艺,并不是人人都会的。入了冬,大概是过了冬至吧,有人背了一面大筛子,手执长柄的铁铲,大街小巷地走,这就是炒炒米的。有时带一个助手,多半是个半大孩子,是帮他烧火的。请到家里来,管一顿饭,给几个钱,炒一天。或二斗,或半石;像我们家人口多,一次得炒一石糯米。炒炒米都是把一年所需一次炒齐,没有零零碎碎炒的。过了这个季节,再找炒炒米的也找不着。一炒炒米,就让人觉得,快要过年了。

装炒米的坛子是固定的,这个坛子就叫"炒米坛子",不做别的用途。舀炒米的东西也是固定的,一般人家大都是用一个香烟罐头。我的祖母用的是一个"柚子壳"。柚子——我们那里柚子不多见,从顶上开一个洞,把里面的瓤掏出来,再塞上米糠,风干,就成了一个硬壳的钵状的东西。她用这个柚子壳用了一辈子。

我父亲有一个很怪的朋友,叫张仲陶。他很有学问,曾教我读过《项羽本纪》。他薄有田产,不治生业,整天在家研究《易经》,算卦。他算卦用蓍草。全城只有他一个人用蓍草算卦。据说他有几卦算得极灵。有一家,丢了一只金戒指,怀疑是女用人偷了。这女用人蒙了冤枉,来求张先生算一卦。张先生算了,说:"戒指没有丢,在你们家炒米坛盖子上。"一找,果然。我小时就不大相信,

203

算卦怎么能算得这样准,怎么能算得出在炒米坛盖子上呢?不过他的这一卦说明了一件事,即我们那里炒米坛子是几乎家家都有的。

炒米这东西实在说不上有什么好吃。家常预备,不过取其方便。用开水一泡,马上就可以吃。在没有什么东西好吃的时候,泡一碗,可代早晚茶。来了平常的客人,泡一碗,也算是点心。郑板桥说"穷亲戚朋友到门,先泡一大碗炒米送手中",也是说其省事,比下一碗挂面还要简单。炒米是吃不饱人的。一大碗,其实没有多少东西。我们那里吃泡炒米,一般是抓上一把白糖,如板桥所说,"佐以酱姜一小碟",也有,少。我现在岁数大了,如有人请我吃泡炒米,我倒宁愿来一小碟酱生姜——最好滴几滴香油,那倒是还有点意思的。另外还有一种吃法,用猪油煎两个嫩荷包蛋——我们那里叫作"蛋瘪子",抓一把炒米和在一起吃。这种食品是只有"惯宝宝"才能吃得到的。谁家要是老给孩子吃这种东西,街坊就会有议论的。

我们那里还有一种可以急就的食品,叫作"焦屑"。煳锅巴磨成碎末,就是焦屑。我们那里,餐餐吃米饭,顿顿有锅巴。把饭铲出来,锅巴用小火烘焦,起出来,卷成一卷,存着。锅巴是不会坏的,不发馊,不长霉。攒够一定的数量,就用一具小石磨磨碎,放起来。焦屑也像炒米一样,用开水冲冲,就能吃了。焦屑调匀后呈糊状,有点像北方的炒面,但比炒面爽口。

我们那里的人家预备炒米和焦屑,除了方便,原来还有一层意思，是应急。在不能正常煮饭时，可以用来充饥。这很有点像古代行军用的"糒"。有一年，记不得是哪一年，总之是我还小，还在上小学，党军（国民革命军）和联军（孙传芳的军队）在我们县境内开了仗，很多人都躲进了红十字会。不知道出于一种什么信念，大家都以为红十字会是哪一方的军队都不能打进去的，进了红十字会就安全了。红十字会设在炼阳观，这是一个道士观。我们一家带了一点行李进了炼阳观。祖母指挥着，特别关照，把一坛炒米和一坛焦屑带了去。我对这种打破常规的生活极感兴趣。晚上，爬到吕祖楼上去，看双方军队枪炮的火光在东北面不知什么地方一阵一阵地亮着，觉得有点紧张，也觉得好玩。很多人家住在一起，不能煮饭，这一晚上，我们是冲炒米、泡焦屑度过的。没有床铺，我把几个道士诵经用的蒲团拼起来，在上面睡了一夜。这实在是我小时候度过的一个浪漫主义的夜晚。

第二天，没事了，大家就都回家了。炒米和焦屑和我家乡的贫穷和长期的动乱是有关系的。

端午的鸭蛋

家乡的端午，很多风俗和外地一样。系百索子。五色的丝线拧成小绳，系在手腕上。丝线是掉色的，洗脸时沾了水，手腕上就印得红一道绿一道的。做香角子。丝线缠成小粽子，里头装了香面，一个一个串起来，挂在帐钩上。贴五毒。红纸剪成五毒，贴在门槛上。贴符。这符是城隍庙送来的。城隍庙的老道士还是我的寄名干爹，他每年端午节前就派小道士送符来，还有两把小纸扇。符送来了，就贴在堂屋的门楣上。一尺来长的黄色、蓝色的纸条，上面用朱笔画些莫名其妙的道道，这就能辟邪吗？喝雄黄酒。用酒和的雄黄在孩子的额头上画一个"王"字，这是很多地方都有的。有一个风俗不知别处有不：放黄烟子。黄烟子是大小如北方的麻雷子的炮仗，只是里面灌的不是硝药，而是雄黄。点着后不响，只是冒出一股黄烟，能冒好一会儿。把点着的黄烟子丢在橱柜下面，说是可以熏五毒。小孩子点了黄烟子，常把它的一头抵在板壁上写"虎"字。写黄烟"虎"字笔画不能断，所以我们那里的孩子都会写草书的"一笔虎"。还有一个风俗，是端午节的午饭要吃"十二红"，就是十二道红颜色的菜。十二红里我只记得有炒红苋菜、油爆虾、咸鸭蛋，其余的都记不清，数不出了。也许十二红只是一个名目，不一定真凑足十二样。不过午饭的菜都是红的，这一点是我没有记错的，而且，苋菜、虾、鸭蛋，一定是有的。这三样，在我的家乡，都不贵，多数人家是吃得起的。

　　我的家乡是水乡，出鸭。高邮大麻鸭是著名的鸭种。鸭多，鸭蛋也多。高邮人也善于腌鸭蛋。高邮咸鸭蛋是出了名的。我在苏南、浙江，每逢有人问起我的籍贯，回答之后，对方就会肃然起敬："哦！你们那里出咸鸭蛋！"上海的卖腌腊的店铺里也卖咸鸭蛋,必用纸条特别标明:"高邮咸蛋"。高邮还出双黄鸭蛋。别处鸭蛋也偶有双黄的,但不如高邮的多,可以成批输出。双黄鸭蛋味道其实无特别处。还不就是个鸭蛋!只是切开之后,里面圆圆的两个黄,使人惊奇不已。我对异乡人称道高邮鸭蛋,是不大高兴的,好像我们那穷地方就出鸭蛋似的!不过高邮的咸鸭蛋,确实是好,我走的地方不少,所食鸭蛋多矣,但和我家乡的完全不能相比!曾经沧海难为水,他乡咸鸭蛋,我实在瞧不上。袁枚的《随园食单·小菜单》有"腌蛋"这一条。袁子才这个人我不喜欢,他的《食单》好些菜的做法是听来的,他自己并不会做菜。但是"腌蛋"这一条我看后却觉得很亲切,而且"与有荣焉"。文不长,录如下:

> 腌蛋以高邮为佳,颜色红而油多。高文端公最喜食之。席间先夹取以敬客。放盘中,总宜切开带壳,黄白兼用;不可存黄去白,使味不全,油亦走散。

高邮咸蛋的特点是质细而油多。蛋白柔嫩,不似别处的发干、发粉,入口如嚼石灰。油多尤为别处所不及。鸭蛋的吃法,如袁子才所说,带壳切开,是一种,那是席间待客的办法。平常食用,一般都是敲破"空头"用筷子挖着吃。筷子头一扎下去,吱——红油就冒出来了。高邮咸蛋的黄是通红的。苏北有一道名菜,叫作"朱砂豆腐",就是用高邮鸭蛋黄炒的豆腐。我在北京吃的咸鸭蛋,蛋黄是浅黄色的,这叫什么咸鸭蛋呢!

端午节,我们那里的孩子兴挂"鸭蛋络子"。头一天,就由姑姑或姐姐用彩色丝线打好了络子。端午一早,鸭蛋煮熟了,由孩子自己去挑一个,鸭蛋有什么可挑的呢?有!一要挑淡青壳的。鸭蛋壳有白的和淡青的两种。二要挑形状好看的。别说鸭蛋都是一样的,细看却不同。有的样子蠢,有的秀气。挑好了,装在络子里,挂在大襟的纽扣上。这有什么好看呢?然而它是孩子心爱的饰物。鸭蛋络子挂了多半天,什么时候孩子一高兴,就把络子里的鸭蛋掏出来,吃了。端午的鸭蛋,新腌不久,只有一点淡淡的咸味,白嘴吃也可以。

孩子吃鸭蛋是很小心的,除了敲去空头,不把蛋壳碰破。蛋黄、蛋白吃光了,用清水把鸭蛋里面洗净,晚上捉了萤火虫来,装在蛋壳里,空头的地方糊一层薄罗。萤火虫在鸭蛋壳里一闪一闪地亮,好看极了!

小时读囊萤映雪故事,觉得东晋的车胤用练囊盛了几十只萤火虫,照了读书,还不如用鸭蛋壳来装萤火虫。不过用萤火虫照亮来读书,而且一夜读到天亮,这能行吗?车胤读的是手写的卷子,字大,若是读现在的新五号字,大概是不行的。

咸菜茨菰汤

一到下雪天,我们家就喝咸菜汤,不知是什么道理。是因为雪天买不到青菜？那也不见得。除非大雪三日，卖菜的出不了门，否则他们总还会上市卖菜的。这大概只是一种习惯。一早起来，看见飘雪花了，我就知道：今天中午是咸菜汤！

咸菜是青菜腌的。我们那里过去不种白菜，偶有卖的，叫作"黄芽菜"，是外地运去的，很名贵。一般黄芽菜炒肉丝，是上等菜。平常吃的，都是青菜，青菜似油菜，但高大得多。入秋，腌菜，这时青菜正肥。把青菜成担地买来，洗净，晾去水汽，下缸。一层菜，一层盐，码实，即成。随吃随取，可以一直吃到第二年春天。

腌了四五天的新咸菜很好吃，不咸，细、嫩、脆、甜，难可比拟。

咸菜汤是咸菜切碎了煮成的。到了下雪的天气，咸菜已经腌得很咸了，而且已经发酸，咸菜汤的颜色是暗绿的。没有吃惯的人，是不容易引起食欲的。

咸菜汤里有时加了茨菇片，那就是咸菜茨菇汤。或者叫茨菇咸菜汤，都可以。

我小时候对茨菇实在没有好感。这东西有一种苦味。民国二十年[1]，我们家乡闹大水，各种作物减产，只有茨菇却丰收。那一年我吃了很多茨菇，而且是不去茨菇的嘴子的，真难吃。

---

1 即 1931 年。——编者

我十几岁离乡，辗转漂流，三四十年没有吃到茨菰，并不想。

前好几年，春节后数日，我到沈从文老师家去拜年，他留我吃饭，师母张兆和炒了一盘茨菰肉片。沈先生吃了两片茨菰，说："这个好！格比土豆高。"我承认他这话。吃菜讲究"格"的高低，这种语言正是沈老师的语言。他是对什么事物都讲"格"的，包括对于茨菰、土豆。

因为久违，我对茨菰有了感情。前几年，北京的菜市场在春节前后有卖茨菰的。我见到，必要买一点回来加肉炒了。家里人都不怎么爱吃。所有的茨菰，都由我一个人"包圆儿"了。

北方人不识茨菰。我买茨菰，总要有人问我："这是什么？""茨菰。""茨菰是什么？"这可不好回答。

北京的茨菰卖得很贵，价钱和"洞子货"（温室所产）的西红柿、野鸡脖韭菜差不多。

我很想喝一碗咸菜茨菰汤。

我想念家乡的雪。

虎头鲨、昂嗤鱼、砗螯、螺蛳、蚬子

苏州人特重塘鳢鱼。上海人也是，一提起塘鳢鱼，眉飞色舞。塘鳢鱼是什么鱼？我向往之久矣。到苏州，曾想尝尝塘鳢鱼，未能如愿。后来我知道：塘鳢鱼就是虎头鲨，嗐！

塘鳢鱼亦称土步鱼。《随园食单》："杭州以土步鱼为上品。而金陵人贱之，目为虎头蛇，可发一笑。"虎头蛇即虎头鲨。这种鱼样子不好看，而且有点凶恶。浑身紫褐色，有细碎黑斑，头大而多骨，鳍如蝶翅。这种鱼在我们那里也是贱鱼，是不能上席的。苏州人做塘鳢鱼有清炒、椒盐多法。我们家乡通常的吃法是氽汤，加醋、胡椒。虎头鲨氽汤，鱼肉极细嫩，松而不散，汤味极鲜，开胃。

昂嗤鱼的样子也很怪，头扁嘴阔，有点像鲇鱼，无鳞，皮色黄，有浅黑色的不规整的大斑。无背鳍，而背上有一根很硬的尖锐的骨刺。用手捏起这根骨刺，它就发出"昂嗤昂嗤"小小的声音。这声音是怎么发出来的，我一直没弄明白。这种鱼是由这种声音得名的。它的学名是什么，只有去问鱼类学专家了。这种鱼没有很大的，七八寸长的，就算难得的了。这种鱼也很贱，连乡下人也看不起。我的一个亲戚在农村插队，见到昂嗤鱼，买了一些，农民都笑他："买这种鱼干什么！"昂嗤鱼其实是很好吃的。昂嗤鱼通常也是氽汤。虎头鲨是醋汤，昂嗤鱼不加醋，汤白如牛乳，是谓"奶汤"。昂嗤鱼也极细嫩，鳃边的两块蒜瓣肉有拇指大，堪称至味。有一年，北京一家鱼店不知从哪里运来一些昂嗤鱼，无人问津。顾客都不识这是啥鱼。有一位卖鱼的老师傅倒知道："这是昂嗤。"我看到，高兴极了，买了十来条。回家一做，满不是那么一回事！昂嗤要吃活的（虎头鲨也是活杀）。长途转运，又在冷库里冰了一些日子，肉质变硬，鲜味全失，一点意思都没有！

砗螯，我的家乡叫馋螯，砗螯是扬州人的叫法。我在大连见到花蛤，我以为就是砗螯。不是。形状很相似，入口全不同。花蛤肉粗而硬，咬不动。砗螯极柔软细嫩。砗螯好像是淡水里产的，但味道却似海鲜。有点像蛎黄，但比蛎黄味道清爽。比青蛤、蚶子味厚。砗螯可清炒，烧豆腐，或与咸肉同煮。砗螯烧乌青菜（江南人叫塌苦菜），风味绝佳。乌青菜如是经霜而现拔的，尤美。我不食砗螯四十五年矣。

砗螯壳稍呈三角形，质坚，白如细瓷，而有各种颜色的弧形花斑，有浅紫的，有暗红的，有赭石、墨蓝的，很好看。家里买了砗螯，挖出砗螯肉，我们就从一堆砗螯壳里去挑选，挑到好的，洗净了留起来玩。砗螯壳的铰合部有两个突出的尖嘴子，把尖嘴子在糙石上磨磨，不一会儿就磨出两个小圆洞，含在嘴里吹，呜呜地响，且有细细颤音，如风吹窗纸。

螺蛳处处有之。我们家乡清明吃螺蛳，谓可以明目。用五香煮熟螺蛳，分给孩子，一人半碗，由他们自己用竹签挑着吃，孩子吃了螺蛳，用小竹弓把螺蛳壳射到屋顶上，咔啦咔啦地响。夏天"检漏"，瓦匠总要扫下好些螺蛳壳。这种小弓不作别的用处，就叫作螺蛳弓，我在小说《戴车匠》里对螺蛳弓有较详细的描写。

蚬子是我所见过的贝类里最小的了，只有一粒瓜子大。蚬子是剥了壳卖的。剥蚬子的人家附近堆了好多蚬子壳，像一个坟头。蚬子炒韭菜，很下饭。这种东西非常便宜，为小户人家的恩物。

有一年修运河堤。按工程规定，有一段堤面应铺碎石，包工的贪污了款子，在堤面铺了一层蚬子壳。前来检收的委员，坐在汽车里，向外一看，白花花的一片，还抽着雪茄烟，连说："很好！很好！"

我的家乡富水产。鱼之中名贵的是鳊鱼、白鱼（尤重翘嘴白）、花鱼（即鳜鱼），谓之"鳊、白"。虾有青虾、白虾。蟹极肥。以无特点，故不及。

野鸭、鹌鹑、斑鸠、鵽

过去我们那里野鸭子很多。水乡，野鸭子自然多。秋冬之际，天上有时"过"野鸭子，黑乎乎的一大片，在地上可以听到它们鼓翅的声音，呼呼的，好像刮大风。野鸭子是枪打的（野鸭肉里常常有很细的铁砂子，吃时要小心），但打野鸭子的人自己不进城来卖。卖野鸭子有专门的摊子。有时卖鱼的也卖野鸭子，把一个养活鱼的木盆翻过来，野鸭一对一对地摆在盆底，卖野鸭子是不用秤约的，都是一对一对地卖。野鸭子是有一定分量的。依分量大小，有一定的名称，如"对鸭""八鸭"。哪一种有多大分量，我现在已经记不清了。卖野鸭子都是带毛的。卖野鸭子的可以代客当场去毛，拔野鸭毛是不能用开水烫的。野鸭子皮薄，一烫，皮就破了。

干拔。卖野鸭子的把一只鸭子放入一个麻袋里,一手提鸭,一手拔毛,一会儿就拔净了——放在麻袋里拔,是防止鸭毛飞散。代客拔毛,不另收费,卖野鸭子的只要那一点鸭毛——野鸭毛是值钱的。

野鸭的吃法通常是切块红烧。清炖大概也可以吧,我没有吃过。野鸭子肉的特点是"细、酥",不像家鸭每每肉老。野鸭烧咸菜是我们那里的家常菜。里面的咸菜尤其是佐粥的妙品。

现在我们那里的野鸭子很少了。前几年我回乡一次,偶有,卖得很贵。原因据说是县里对各乡水利做了全面综合治理,过去的水荡子、荒滩少了,野鸭子无处栖息。而且,野鸭子过去是吃收割后遗撒在田里的谷粒的,现在收割得很干净,颗粒归仓,野鸭子没有什么可吃的,不来了。

鹌鹑是网捕的。我们那里吃鹌鹑的人家少,因为这东西只有由乡下的亲戚送来,市面上没有卖的。鹌鹑大都是用五香卤了吃。也有用油炸了的。鹌鹑能斗,但我们那里无斗鹌鹑的风气。

我看见过猎人打斑鸠。我在读初中的时候,午饭后,我到学校后面的野地里去玩。野地里有小河,有野蔷薇,有金黄色的茼蒿花,有苍耳(苍耳子有小钩刺,能挂在衣裤上,我们管它叫"万把钩"),有才抽穗的芦荻。在一片树林里,我发现一个猎人。我们那里猎人很少,我从来没有见过猎人,但是我一看见他,就知道:他是一个猎人。这个猎人给我一个非常猛厉的印象。他穿了一身黑,下面却缠了鲜红的绑腿。他很瘦。他的眼睛黑,而且冷。他握着枪。他在干什么？树林上面飞过一只斑鸠。他在追逐这只斑鸠。斑鸠分明已经发现猎人了。它想逃脱。斑鸠飞到北面，在树上落一落，猎人一步一步往北走。斑鸠连忙往南面飞，猎人扬头看了一眼，斑鸠落定了，猎人又一步一步往南走，非常冷静。这是一场无声的，然而非常紧张的、持续的较量。斑鸠来回飞，猎人来回走。我很奇怪，为什么斑鸠不往树林外面飞。这样几个来回，斑鸠慌了神了，它飞得不稳了，歪歪倒倒的，失去了原来均匀的节奏。忽然，砰——枪声一响，斑鸠应声而落。猎人走过去，拾起斑鸠，看了看，装在猎袋里。他的眼睛很黑，很冷。

我在小说《异秉》里提到王二的熏烧摊子上，春天，卖一种叫作"䴘"的野味。"䴘"这种东西我在别处没看见过。"䴘"这个字很多人也不认得。多数字典里不收。《辞海》里倒有这个字，标音为 duò（又读 zhuā）。zhuā 与我乡读音较近，但我们那里是读入声的，这只有用国际音标才标得出来。即使用国际音标标出，不知道"短促急收藏"的北方人也是读不出来的。《辞海》"䴘"字条下注云"见䴘鸠"，似以为"䴘"即"䴘鸠"。而在"䴘鸠"条下注云："鸟名。雉属。即'沙鸡'。"这就不对了。沙鸡我是见过的，吃过的。内蒙古、张家口多出沙鸡。《尔雅·释鸟》郭璞注，"出北方沙漠地"，不错。北京冬季偶尔也有卖的。沙鸡嘴短而红，腿也短。我们那里的䴘却是水鸟，嘴长，腿也长。䴘的滋味和沙鸡有天渊之别。沙鸡肉较粗，略有酸味；䴘肉极细，非常香。我一辈子没有吃过比鹨更香的野味。

蒌蒿、枸杞、荠菜、马齿苋

小说《大淖记事》："春初水暖，沙洲上冒出很多紫红色的芦芽和灰绿色的蒌蒿，很快就是一片翠绿了。"我在书页下方加了一条注："蒌蒿是生于水边的野草，粗如笔管，有节，生狭长的小叶，初生二寸来高，叫作'蒌蒿薹子'，加肉炒食极清香……"蒌蒿的"蒌"字，我小时不知怎么写，后来偶然看了一本什么书，才知道的。这个字音"吕"。我小学有一个同班同学，姓吕，我们就给他起了个外号，叫"蒌蒿薹子"（蒌蒿薹子家开了一爿糖坊，小学毕业后未升学，我们看见他坐在糖坊里当小老板，觉得很滑稽）。但我查了几本字典，"蒌"都音"楼"，我有点恍惚了。"楼""吕"一声之转。许多从"娄"的字都读"吕"，如"屡""缕""褛"……这本来无所谓，读"楼"读"吕"，关系不大。但字典上都说蒌蒿是蒿之一种，即白蒿，我却有点不以为然了。我小说里写的蒌蒿和蒿其实不相干。读苏东坡《惠崇春江晚景》诗："竹外桃花三两枝，春江水暖鸭先知。蒌蒿满地芦芽短，正是河豚欲上时。"此蒌蒿生于水边，与芦芽为伴，分明是我的家乡人所吃的蒌蒿，非白蒿。或者"即白蒿"的蒌蒿别是一种，未可知矣。深望懂诗、懂植物学，也懂吃的博雅君子有以教我。

我的小说注文中所说的"极清香",很不具体。嗅觉和味觉是很难比方,无法具体的。昔人以为荔枝味似软枣,实在是风马牛不相及。我所谓"清香",即食时如坐在河边闻到新涨的春水的气味。

这是实话,并非故作玄言。

枸杞到处都有。开花后结长圆形的小浆果,即枸杞子。我们叫它"狗奶子",形状颇像。本地产的枸杞子没有入药的,大概不如宁夏产的好。枸杞是多年生植物。春天,冒出嫩叶,即枸杞头。枸杞头是容易采到的。偶尔也有近城的乡村的女孩子采了,放在竹篮里叫卖:"枸杞头来!⋯⋯"枸杞头可下油盐炒食;或用开水焯了,切碎,加香油、酱油、醋,凉拌了吃。那滋味,也只能说"极清香"。春天吃枸杞头,云可以清火,如北方人吃苣荬菜一样。

"三月三,荠菜花赛牡丹。"俗谓是日以荠菜花置灶上,则蚂蚁不上锅台。

北京也偶有荠菜卖。菜市上卖的是园子里种的,茎白叶大,颜色较野生者浅淡,无香气。农贸市场间有南方的老太太挑了野生的来卖,则又过于细瘦,如一团乱发,制熟后强硬扎嘴。总不如南方野生的有味。

江南人惯用荠菜包春卷,包馄饨,甚佳。我们家乡有用来包春卷的,用来包馄饨的没有——我们家乡没有"菜肉馄饨"。一般是凉拌。荠菜焯熟剁碎,界首茶干切细丁,入虾米,同拌。这道菜是可以上酒席作凉菜的。酒席上的凉拌荠菜都用手团成一座尖塔,临吃推倒。

  马齿苋现在很少有人吃。古代这是相当重要的菜蔬。苋分人苋、马苋。人苋即今苋菜，马苋即马齿苋。我的祖母每于夏天摘肥嫩的马齿苋晾干，过年时作馅包包子。她是吃长斋的，这种包子只有她一个人吃。我有时从她的盘子里拿一个，蘸了香油吃，挺香。马齿苋有点淡淡的酸味。

  马齿苋开花，花瓣如一小囊。我们有时捉了一个哑巴知了——知了是应该会叫的，捉住一个哑巴，多么扫兴！于是就摘了两个马齿苋的花瓣套住它的眼睛——马齿苋花瓣套知了眼睛正合适，一撒手，这知了就拼命往高处飞，一直飞到看不见！

  三年困难时期，我在张家口沙岭子吃过不少马齿苋。那时候，这是宝物！

寒风吹彻

——刘亮程

雪落在那些年雪落过的地方，我已经不注意它们了。比落雪更重要的事情开始降临到生活中。三十岁的我，似乎对这个冬天的来临漠不关心，却又一直在倾听落雪的声音，期待着又一场雪悄无声息地覆盖村庄和田野。

我静坐在屋子里，火炉上烤着几片馍馍，一小碟咸菜放在炉旁的木凳上，屋里光线暗淡。许久以后我还记起我在这样的一个雪天，围抱火炉，吃咸菜啃馍馍想着一些人和事情，想得深远而入神。柴火在炉中啪啪地燃烧着，炉火通红，我的手和脸都烤得发烫了，脊背却依旧凉飕飕的。寒风正从我看不见的一道门缝吹进来。冬天又一次来到村里，来到我的家。我把怕冻的东西一一搬进屋子，糊好窗户，挂上去年冬天的棉门帘。寒风还是进来了，它比我更熟悉墙上的每一道细微裂缝。

就在前一天，我似乎已经预感到大雪要来临。我劈好足够烧半个月的柴火，整齐地码在窗台下。把院子扫得干干净净，无意中像在迎接一位久违的贵宾——把生活中的一些事情扫到一边，腾出干净的一片地方来让雪落下。下午我还走出村子，到田野里转了一圈。我没顾上割回来的一地葵花秆，将在大雪中站一个冬天。每年下雪之前，都会发现有一两件顾不上干完的事而被搁一个冬天。冬天，有多少人放下一年的事情，像我一样用自己那只冰手，从头到尾地抚摸自己的一生。

屋子里更暗了，我看不见雪。但我知道雪在落，漫天地落。落在房顶和柴垛上，落在扫干净的院子里，落在远远近近的路上。我要等雪落定了再出去。我再不像以往，每逢第一场雪，都会怀着莫名的兴奋，站在屋檐下观看好一阵，或光着头钻进大雪中，好像有意要让雪知道世上有我这样一个人，却不知道寒冷早已盯住了自己活蹦乱跳的年轻生命。

经过许多个冬天之后，我才渐渐明白自己再躲不过雪，无论我蜷缩在屋子里，还是远在冬天的另一个地方，纷纷扬扬的雪，都会落在我正经历的一段岁月里。当一个人的岁月像荒野一样敞开时，他便再无法照管好自己。

就像现在，我紧围着火炉，努力想烤热自己。我的一根骨头，却露在屋外的寒风中，隐隐作痛。那是我多年前冻坏的一根骨头，我再不能像捡一根牛骨头一样，把它捡回到火炉旁烤热。它永远地冻坏在那段天亮前的雪路上了。

那个冬天我十四岁，赶着牛车去沙漠里拉柴火。那时一村人都靠长在沙漠里的梭梭柴取暖过冬。因为不断砍挖，有柴火的地方越来越远。往往要用一天半夜时间才能拉回一车柴火。每次去拉柴火，都是母亲半夜起来做好饭，装好水和馍馍，然后叫醒我。有时父亲也会起来帮我套好车。我对寒冷的认识是从那些夜晚开始的。

牛车一走出村子，寒冷便从四面八方拥围而来，把我从家里带出的那点温暖搜刮得一干二净，浑身上下只剩下寒冷。

那个夜晚并不比其他夜晚更冷。

只是我一个人赶着牛车进沙漠。以往牛车一出村，就会听到远远近近的雪路上其他牛车的走动声、赶车人隐约的吆喝声。只要紧赶一阵路，便会追上一辆或好几辆去拉柴的牛车，一长串，缓行在铅灰色的冬夜里。那种夜晚天再冷也不觉得。因为寒风在吹好几个人，同村的、邻村的、认识和不认识的好几架牛车在这条夜路上抵挡着寒冷。

而这次，一野的寒风吹着我一个人。似乎寒冷把其他一切都收拾掉了，现在全部对付我。

我披紧羊皮大衣，一动不动趴在牛车里，不敢大声吆喝牛，免得让更多的寒冷发现我。从那个夜晚我懂得了隐藏温暖——在凛冽的寒风中，身体中那点温暖正一步步退守到一个隐秘的连我自己都难以找到的深远处——我把这点隐深的温暖节俭地用于此后多年的爱情和生活。我的亲人们说我是个很冷的人,不是的,我把仅有的温暖全给了你们。

许多年后有一股寒风,从我自以为火热温暖的从未被寒冷浸入的内心深处阵阵袭来时,我才发现穿再厚的棉衣也没用了。生命本身有一个冬天,它已经来临。

天亮后,牛车终于到达有柴火的地方。我的一条腿却被冻僵了,失去了感觉。我试探着用另一条腿跳下车,拄着一根柴火棒活动了一阵,又点了一堆火烤了一会儿,勉强可以行走了,腿上的一块骨头却生疼起来,是我从未体验过的一种疼,像一根根针刺在骨头上又狠命往骨髓里钻——这种疼感一直延续到以后所有的冬天以及夏季里阴冷的日子。

太阳落地时,我装着半车柴火回到家里,父亲一见就问我:怎么拉了这点柴,不够两天烧的。我没吭声。也没向家里说腿冻坏的事。

我想很快会暖和过来。

那个冬天要是稍短些,家里的火炉要是稍旺些,我要是稍把这条腿当回事,或许我能暖和过来。可是现在不行了。隔着多少个季节,今夜的我,围抱火炉,再也暖不热那个遥远冬天的我,那个在上学路上不慎掉进冰窟窿,浑身是冰往回跑的我,那个跺着冻僵的双脚,捂着耳朵在一扇门外焦急等待的我……我再不能把他们唤回到这个温暖的火炉旁。我准备了许多柴火,是准备给这个冬天的。我才三十岁,肯定能走过冬天。

但在我周围,肯定有个别人不能像我一样度过冬天。他们被留住了。冬天总是一年一年地弄冷一个人,先是一条腿、一块骨头、一副表情、一种心境……而后整个人生。

我曾在一个寒冷的早晨,把一个浑身结满冰霜的路人让进屋子,给他倒了一杯热茶。那是个上了年纪的人,身上带着许多个冬天的寒冷,当他坐在我的火炉旁时,炉火须臾间变得苍白。我没有问他的名字,在火炉的另一边,我感觉到迎面逼来的一个老人的透骨寒气。

他一句话不说。我想他的话肯定全冻硬了,得过一阵才能化开。

大约坐了半个时辰,他站起来,朝我点了一下头,开门走了。我以为他暖和过来了。

第二天下午,听人说村西边冻死了一个人。我跑过去,看见这个上了年纪的人躺在路边,半边脸埋在雪中。

我第一次看到一个人被冻死。

我不敢相信他已经死了。他的生命中肯定还深藏着一点温暖,只是我们看不见。一个人最后的微弱挣扎我们看不见,呼唤和呻吟我们听不见。

我们认为他死了。彻底地冻僵了。

他的身上怎么能留住一点点温暖呢？靠什么去留住？他的烂了几个洞、棉花露在外面的旧棉衣？底快磨透、一边帮已经脱落的那双鞋？还有，他多少个冬天积累起来的彻骨寒冷。

落在一个人一生中的雪，我们不能全部看见。每个人都在自己的生命中，孤独地过冬。我们帮不了谁。我的一小炉火，对这个贫寒一生的人来说，显然微不足道。他的寒冷太巨大。

我有一个姑妈，住在河那边的村庄里，许多年前的那些个冬天，我们兄弟几个常走过封冻的玛河去看望她。每次临别时，姑妈总要说一句："天热了让你妈过来喧喧。"

姑妈年老多病，她总担心自己过不了冬天。天一冷她便足不出户，偎在一间矮土屋里，抱着火炉，等待春天来临。

一个人老的时候，是那么渴望春天来临。尽管春天来了她没有一片要抽芽的叶子，没有半瓣要开放的花朵。春天只是来到大地上，来到别人的生命中。但她还是渴望春天，她害怕寒冷。

我一直没有忘记姑妈的这句话，也不止一次地把它转告给母亲。母亲只是望望我，又忙着做她的活。母亲不是一个人在过冬，她有五六个没长大的孩子，她要拉扯着他们度过冬天，不让一个孩子受冷。她和姑妈一样期盼着春天。

……天热了，母亲会带着我们，蹚过河，到对岸的村子里看望姑妈。姑妈也会走出蜗居一冬的土屋，在院子里晒着暖暖的太阳和我们说说笑笑……多少年过去了，我们一直没有等到这个春天。好像姑妈那句话中的"天"一直没有热。

姑妈死在几年后的一个冬天。我回家过年,记得是大年初四,我陪着母亲沿一条即将解冻的马路往回走。母亲在那段路上告诉我姑妈去世的事。她说:"你姑妈死掉了。"

母亲说得那么平淡,像在说一件跟死亡无关的事情。

"怎么死的?"我似乎问得更平淡。

母亲没有直接回答我。她只是说:"你大哥和你弟弟过去帮助料理了后事。"

此后的好一阵,我们再没说话,只顾静静地走路。快到家门口时,母亲说了句:"天热了。"

我抬头看了看母亲,她的身上散着热气,或许是走路的缘故,不过天气真的转热了。对母亲来说,这个冬天已经过去了。

"天热了过来喧喧"。我又想起姑妈的这句话。这个春天再不属于姑妈了。她熬过了许多个冬天还是被这个冬天留住了。我想起爷爷奶奶也是分别死在几年前的冬天。母亲还活着。我们在世上的亲人会越来越少。我告诉自己,不管天冷天热,我都常过来和母亲坐坐。

母亲拉扯大她的七个儿女。她老了。我们长高长大的七个儿女,或许能为母亲挡住一丝的寒冷。每当儿女们回到家里,母亲都会特别高兴,家里也顿添热闹的气氛。

但母亲斑白的双鬓分明让我感到她一个人的冬天已经来临,那些雪开始不退、冰霜开始不融化——无论春天来了，还是儿女们的孝心和温暖备至。

隔着三十年的人生距离，我感受着母亲独自在冬天的透心寒冷。我无能为力。

雪越下越大。天彻底黑透了。

我围抱着火炉，烤热漫长一生的一个时刻。我知道这一时刻之外，我其余的岁月，我的亲人们的岁月，远在屋外的大雪中，被寒风吹彻。

一九九六年冬

走夜路请放声歌唱

——李娟

在呼蓝别斯，大片的森林，大片的森林，还是大片的森林。马合沙提说：走夜路要大声地歌唱！在森林深处，在前面悬崖边的大石头下——你看！那团黑乎乎的大东西说不定就是大棕熊呢！大棕熊在睡觉，在马蹄声惊扰到它之前，请大声歌唱吧！远远地，大棕熊就会从睡梦中醒来，它侧耳倾听一会儿，沉重地起身，一摇一晃走了。一起唱歌吧！大声地唱，用力地唱，"啊啊——"地唱，闭着眼睛，捂着耳朵。胸腔里刮最大的风，嗓子眼开最美的花。唱歌吧！

呼蓝别斯，连绵的森林，高处的木屋。洗衣的少女在河边草地上晾晒鲜艳的衣物。你骑马离开后，她就躺在那里睡着了，一百年都没有人经过，一百年都没人慢慢走近她，端详她的面孔。她一直睡到黑夜，大棕熊也来了，嗅她，绕着她走了一圈又一圈。这时远远的星空下有人唱起了歌。歌声越来越近，她的睡梦越来越沉。大棕熊的眼睛闪闪发光。

夜行的人啊，黑暗中你一遍又一遍地经过了些什么呢？在你身边的那些暗处，有什么被你永远地擦肩而过？那洗衣的少女不曾被你的歌声唤醒，不曾在黑暗中抬起面孔，在草地上支撑起身子，循着歌声记起一切……夜行的人，再唱大声些吧！歌唱爱情吧，歌唱故乡吧！对着黑暗的左边唱，对着黑暗的右边唱，再对着黑暗的前方唱。边唱边大声说："听到了吗？你听到了吗？"夜行的人，若你不唱歌的话，不惊醒这黑夜的话，就永远也走不出呼蓝别斯了。这重重的森林，这崎岖纤细的山路，这孤独疲惫的心。

夜行的人啊，若你不唱歌的话，你年幼的阿娜尔在后来时光的所有清晨里，再也不能通过气息分辨出野茶叶和普通的牛草了。你年幼的阿娜尔，你珍爱的女儿，她夜夜哭泣，她胆子小，声音细渺，眼光不敢停留在飞逝的事物上。要是不唱歌的话，阿娜尔将多么可怜啊！她一个人坐在森林边上，听了又听，等了又等，哭了又哭。她身边露珠闪烁，她曾从那露珠中打开无数扇通向最微小世界的门。但是她却再也打不开了。你不唱歌了，她便一扇门也没有了！

要是不唱歌的话，木屋边那座古老的小坟墓，那个七岁小孩的蜷身栖息之处，从此不能宁静。那孩子夜夜来找你，通过你的沉默去找他的母亲。那孩子过世了几十年，当年他的母亲下葬他时，安慰他小小的灵魂说："亲爱的宝贝啊你我缘分已尽，各自的道路却还没有走完，不要留恋这边了，不要为已经消失的疼痛而悲伤……"但是，你不唱歌了，你在黑夜里静悄悄地经过他的骨骸。你的安静惊动了他。你的面庞如此黑暗，他敏感地惊疑而起。他顿时无可适从。

要是不唱歌的话，黑暗中叫我到哪里去找你？叫我如何回到呼蓝别斯？那么多的路，连绵的森林，起伏的大地。要是不唱歌的话，有再多的木薪也找不到一粒火种，有再长的寿命也得不到片刻的自如。要是不唱歌的话，说不出的话永远只能哽咽在嗓子眼里，流不出的泪只在心中滴滴悬结坚硬的钟乳石。

我曾听过你的歌声。那时，我站在呼蓝别斯最高的一座山上的最高的一棵树上，看到了你唱歌时的样子。他们喜欢你才吓唬你，他们说："唱歌吧，唱歌吧！唱了歌，熊就不敢过来了。"你便在冷冷的空气中陡然唱出第一句。像火柴在擦纸上擦了好几下才"哧"地引燃一束火苗，你唱了好几句才捕捉到自己的声音。像人猿泰山握住了悬崖间的藤索，你紧紧握住了自己的声音，在群山间飘荡。那时我就站在你路过的最高的那座山上的最高的那棵树上，为你四面观望，愿你此去一路平安。

我也曾作为实实在在的形象听过你唱歌。还是在黑夜里，你躺在那里唱着，连木屋的屋檐缝隙里紧塞的干苔藓都复活了，湿润了，膨胀了，迅速分裂、生长，散落肉眼看不到的轻盈细腻的孢子雨。你躺在那里唱啊唱啊，突然那么忧伤。我为不能安慰你而感到更为忧伤。我也想和你一起唱，却不敢开口。于是就在心里唱，大声地唱啊唱啊，直到唱得完全打开了自己为止，直到唱得完全离开了自己为止。然后，我的身体沉沉睡去。但是，在这样的夜里，哪怕睡着了仍然还在唱啊，唱啊！大棕熊，你听到了吗？大棕熊你快点跑，跑到最深最暗的森林里去，钻进最深最窄的洞穴里去。把耳朵捂起来，不要把听到的歌声再流出去。大棕熊你惊讶吧，你把歌声到来的消息四处散布吧！大棕熊，以歌为分界线，让我们生活得更平静一些吧，更安稳一些吧……

OK（好的），亲爱的，哪怕后来去到了城市，走夜路时也要大声地唱歌，像喝醉酒的人一样无所顾忌。大声地唱啊，让远方的大棕熊也听到了，静静地起身，为你在遥远的地方让路。你发现街道如此空旷，行人素不相识。

二〇〇七年

我与地坛

——史铁生

一

我在好几篇小说中都提到过一座废弃的古园,实际上就是地坛。许多年前旅游业还没有开展,园子荒芜冷落得如同一片野地,很少被人记起。

地坛离我家很近。或者说我家离地坛很近。总之,只好认为这是缘分。地坛在我出生前四百多年就坐落在那儿了,而自从我的祖母年轻时带着我父亲来到北京,就一直住在离它不远的地方——五十多年间搬过几次家,可搬来搬去总是在它周围,而且是越搬离它越近了。我常觉得这中间有着宿命的味道:仿佛这古园就是为了等我,而历尽沧桑在那儿等待了四百多年。

它等待我出生,然后又等待我活到最狂妄的年龄上忽地残废了双腿。四百多年里,它一面剥蚀了古殿檐头浮夸的琉璃,淡褪了门壁上炫耀的朱红,坍圮了一段段高墙又散落了玉砌雕栏,祭坛四周的老柏树愈见苍幽,到处的野草荒藤也都茂盛得自在坦荡。这时候想必我是该来了。十五年前的一个下午,我摇着轮椅进入园中,它为一个失魂落魄的人把一切都准备好了。那时,太阳循着亘古不变的路途正越来越大,也越红。在满园弥漫的沉静光芒中,一个人更容易看到时间,并看见自己的身影。

自从那个下午我无意中进了这园子,就再没长久地离开过它。我一下子就理解了它的意图。正如我在一篇小说中所说的:"在人口密聚的城市里,有这样一个宁静的去处,像是上帝的苦心安排。"

两条腿残废后的最初几年,我找不到工作,找不到去路,忽然间几乎什么都找不到了,我就摇了轮椅总是到它那儿去,仅为着那儿是可以逃避一个世界的另一个世界。我在那篇小说中写道:"没处可去我便一天到晚耗在这园子里。跟上班下班一样,别人去上班我就摇了轮椅到这儿来。""园子无人看管,上下班时间有些抄近路的人从园中穿过,园子里活跃一阵,过后便沉寂下来。""园墙在金晃晃的空气中斜切下一溜阴凉,我把轮椅开进去,把椅背放倒,坐着或是躺着,看书或者想事,撅一权树枝左右拍打,驱赶那些和我一样不明白为什么要来这世上的小昆虫。""蜂儿如一朵小雾稳稳地停在半空;蚂蚁摇头晃脑捋着触须,猛然间想透了什么,转身疾行而去;瓢虫爬得不耐烦了,累了,祈祷一回便支开翅膀,忽悠一下升空了;树干上留着一只蝉蜕,寂寞如一间空屋;露水在草叶上滚动,聚集,压弯了草叶轰然坠地摔开万道金光。""满园子都是草木竞相生长弄出的响动,窸窸窣窣窸窸窣窣片刻不息。"这都是真实的记录,园子荒芜但并不衰败。

除去几座殿堂我无法进去,除去那座祭坛我不能上去而只能从各个角度张望它,地坛的每一棵树下我都去过,差不多它的每一米草地上都有过我的车轮印。无论是什么季节,什么天气,什么时间,我都在这园子里待过。有时候待一会儿就回家,有时候就待到满地上都亮起月光。记不清都是在它的哪些角落里了,我一连几小时专心致志地想关于死的事,也以同样的耐心和方式想过我为什么要出生。这样想了好几年,最后事情终于弄明白了:一个人,出生了,这就不再是一个可以辩论的问题,而只是上帝交给他的一个事实;上帝在交给我们这个事实的时候,已经顺便保证了它的结果,所以死是一件不必急于求成的事,死是一个必然会降临的节日。这样想过之后我安心多了,眼前的一切不再那么可怕。比如你起早熬夜准备考试的时候,忽然想起有一个长长的假期在前面等待你,你会不会觉得轻松一点,并且庆幸并且感激这样的安排?

剩下的就是怎样活的问题了。这却不是在某一个瞬间就能完全想透的,不是能够一次性解决的事,怕是活多久就要想它多久了,就像是伴你终生的魔鬼或恋人。所以,十五年了,我还是总得到那古园里去,去它的老树下或荒草边或颓墙旁,去默坐,去呆想,去推开耳边的嘈杂理一理纷乱的思绪,去窥看自己的心魂。十五年中,这古园的形体被不能理解它的人肆意雕琢,幸好有的东西是任谁也不能改变它的。譬如祭坛石门中的落日,寂静的光辉平铺的一刻,地上的每一个坎坷都被映照得灿烂;譬如在园中最为落寞的时间,一群雨燕便出来高歌,把天地都叫喊得苍凉;譬如冬天雪地上孩子的脚印,总让人猜想他们是谁,曾在哪儿做过些什么,然后又都到哪儿去了;譬如那些苍黑的古柏,你忧郁的时候它们镇静地站在那儿,你欣喜的时候它们依然镇静地站在那儿,它们没日没夜地站在那儿从你没有出生一直站到这个世界上又没了你的时候;譬如暴雨骤临园中,激起一阵阵灼烈而清纯的草木和泥土的气味,让人想起无数个夏天的事件;譬如秋风忽至,再有一场早霜,落叶或飘摇歌舞或坦然安卧,满园中播散着熨帖而微苦的味道。味道是最说不清楚的,味道不能写只能闻,要你身临其境去闻才能明了。味道甚至是难于记忆的,只有你又闻到它你才能记起它的全部情感和意蕴。所以我常常要到那园子里去。

二

现在我才想到,当年我总是独自跑到地坛去,曾经给母亲出了一个怎样的难题。

她不是那种光会疼爱儿子而不懂得理解儿子的母亲。她知道我心里的苦闷，知道不该阻止我出去走走，知道我要是老待在家里结果会更糟，但她又担心我一个人在那荒僻的园子里整天都想些什么。我那时脾气坏到极点，经常是发了疯一样地离开家，从那园子里回来又中了魔似的什么话都不说。母亲知道有些事不宜问，便犹犹豫豫地想问而终于不敢问，因为她自己心里也没有答案。她料想我不会愿意她跟我一同去，所以她从未这样要求过，她知道得给我一点独处的时间，得有这样一段过程。她只是不知道这过程得要多久和这过程的尽头究竟是什么。每次我要动身时，她便无言地帮我准备，帮助我上了轮椅车，看着我摇车拐出小院。这以后她会怎样，当年我不曾想过。

有一回我摇车出了小院，想起一件什么事又返身回来，看见母亲仍站在原地，还是送我走时的姿势，望着我拐出小院去的那处墙角，对我的回来竟一时没有反应。待她再次送我出门的时候，她说："出去活动活动，去地坛看看书，我说这挺好。"许多年以后我才渐渐听出，母亲这话实际上是自我安慰，是暗自的祷告，是给我的提示，是恳求与嘱咐。只是在她猝然去世之后，我才有余暇设想，当我不在家里的那些漫长的时间，她是怎样心神不定坐卧难宁，兼着痛苦与惊恐与一个母亲最低限度的祈求。现在我可以断定，以她的聪慧和坚忍，在那些空落的白天后的黑夜，在那不眠的黑夜后的白天,她思来想去最后准是对自己说:"反正我不能不让他出去,未来的日子是他自己的,如果他真的在那园子里出了什么事,这苦难也只好我来承担。"在那段日子里——那是好几年前的一段日子,我想我一定使母亲做过最坏的准备了,但她从来没有对我说过:"你为我想想。"事实上我也真的没为她想过。那时她的儿子还太年轻,还来不及为母亲想,他被命运击昏了头,一心以为自己是世上最不幸的一个,不知道儿子的不幸在母亲那儿总是要加倍的。她有一个长到二十岁上忽然截瘫了的儿子,这是她唯一的儿子;她情愿截瘫的是自己而不是儿子,可这事无法代替;她想,只要儿子能活下去哪怕自己去死呢也行,可她又确信一个人不能仅仅是活着,儿子得有一条路走向自己的幸福;而这条路呢,没有谁能保证她的儿子最终能找到——这样一个母亲,注定是活得最苦的母亲。

　　有一次与一位作家朋友聊天,我问他学写作的最初动机是什么?他想了一会儿说:"为我母亲。为了让她骄傲。"我心里一惊,良久无言。回想自己最初写小说的动机,虽不似这位朋友的那般单纯,但如他一样的愿望我也有,且一经细想,发现这愿望也在全部动机中占了很大比重。这位朋友说:"我的动机太低俗了吧?"我光是摇头,心想低俗并不见得低俗,只怕是这愿望过于天真了。他又说:"我那时真就是想出名,出了名让别人羡慕我母亲。"我想,他比我坦率。我想,他又比我幸福,因为他的母亲还活着。而且我想,他的母亲也比我的母亲运气好,他的母亲没有一个双腿残废的儿子,否则事情就不这么简单。

在我的头一篇小说发表的时候,在我的小说第一次获奖的那些日子里,我真是多么希望我的母亲还活着。我便又不能在家里待了,又整天整天独自跑到地坛去,心里是没头没尾的沉郁和哀怨,走遍整个园子却怎么也想不通:母亲为什么就不能再多活两年?为什么在她儿子就快要碰撞开一条路的时候,她却忽然熬不住了?莫非她来此世上只是为了替儿子担忧,却不该分享我的一点点快乐?她匆匆离我去时才只有四十九岁呀!有那么一会儿,我甚至对世界对上帝充满了仇恨和厌恶。后来我在一篇题为《合欢树》的文章中写道:"坐在小公园安静的树林里,我闭上眼睛,想:上帝为什么早早地召母亲回去呢?很久很久,迷迷糊糊地,我听见了回答:'她心里太苦了。上帝看她受不住了,就召她回去。'我似乎得到一点安慰,睁开眼睛,看见风正从树林里穿过。"小公园,指的也是地坛。

只是到了这时候,纷纭的往事才在我眼前幻现得清晰,母亲的苦难与伟大才在我心中渗透得深彻。上帝的考虑,也许是对的。

摇着轮椅在园中慢慢走,又是雾罩的清晨,又是骄阳高悬的白昼,我只想着一件事:母亲已经不在了。在老柏树旁停下,在草地上在颓墙边停下,又是处处虫鸣的午后,又是鸟儿归巢的傍晚,我心里只默念着一句话:可是母亲已经不在了。把椅背放倒,躺下,似睡非睡挨到日没，坐起来，心神恍惚，呆呆地直坐到古祭坛上落满黑暗然后再渐渐浮起月光，心里才有点明白，母亲不能再来这园中找我了。

曾有过好多回，我在这园子里待得太久了，母亲就来找我。她来找我又不想让我发觉，只要见我还好好地在这园子里，她就悄悄转身回去。我看见过几次她的背影。我也看见过几回她四处张望的情景，她视力不好，端着眼镜像在寻找海上的一条船。她没看见我时我已经看见她了，待我看见她也看见我了我就不去看她，过一会儿我再抬头看她就又看见她缓缓离去的背影。我单是无法知道有多少回她没有找到我。有一回我坐在矮树丛中，树丛很密，我看见她没有找到我。她一个人在园子里走，走过我的身旁，走过我经常待的一些地方，步履茫然又急迫。我不知道她已经找了多久还要找多久，我不知道为什么我决意不喊她——但这绝不是小时候的捉迷藏，这也许是出于长大了的男孩子的倔强或羞涩？但这倔强只留给我痛悔，丝毫也没有骄傲。我真想告诫所有长大了的男孩子，千万不要跟母亲来这套倔强，羞涩就更不必，我已经懂了可我已经来不及了。

儿子想使母亲骄傲，这心情毕竟是太真实了，以致使"想出名"这一声名狼藉的念头也多少改变了一点形象。这是个复杂的问题，且不去管它了吧。随着小说获奖的激动逐日暗淡，我开始相信，至少有一点我是想错了：我用纸笔在报刊上碰撞开的一条路，并不就是母亲盼望我找到的那条路。年年月月我都到这园子里来,年年月月我都要想,母亲盼望我找到的那条路到底是什么。母亲生前没给我留下过什么隽永的哲言,或要我恪守的教诲,只是在她去世之后,她艰难的命运、坚忍的意志和毫不张扬的爱,随光阴流转,在我的印象中愈加鲜明深刻。

有一年,十月的风又翻动起安详的落叶,我在园中读书,听见两个散步的老人说:"没想到这园子有这么大。"我放下书,想,这么大一座园子,要在其中找到她的儿子,母亲走过了多少焦灼的路。多年来我头一次意识到,这园中不单是处处都有过我的车辙,有过我的车辙的地方也都有过母亲的脚印。

三

如果以一天中的时间来对应四季,当然春天是早晨,夏天是中午,秋天是黄昏,冬天是夜晚。如果以乐器来对应四季,我想春天应该是小号,夏天是定音鼓,秋天是大提琴,冬天是圆号和长笛。要是以这园子里的声响来对应四季呢?那么,春天是祭坛上空飘浮着的鸽子的哨音,夏天是冗长的蝉歌和杨树叶子哗啦啦地对蝉歌的取笑,秋天是古殿檐头的风铃响,冬天是啄木鸟随意而空旷的啄木声。以园中的景物对应四季,春天是一径时而苍白时而黑润的小路,时而明朗时而阴晦的天上摇荡着串串杨花;夏天是一条条耀眼而灼人的石凳，或阴凉而爬满了青苔的石阶，阶下有果皮，阶上有半张被坐皱的报纸；秋天是一座青铜的大钟，在园子的西北角上曾丢弃着一座很大的铜钟，铜钟与这园子一般年纪，浑身挂满绿锈，文字已不清晰；冬天，是林中空地上几只羽毛蓬松的老麻雀。以心绪对应四季呢？春天是卧病的季节，否则人们不易发觉春天的残忍与渴望；夏天，情人们应该在这个季节里失恋，不然就似乎对不起爱情；秋天是从外面买一棵盆花回家的时候，把花搁在阔别了的家中，并且打开窗户把阳光也放进屋里，慢慢回忆慢慢整理一些发过霉的东西；冬天伴着火炉和书，一遍遍坚定不死的决心，写一些并不发出的信。还可以用艺术形式对应四季，这样春天就是一幅画，夏天是一部长篇小说，秋天是一首短歌或诗，冬天是一群雕塑。以梦呢？以梦对应四季呢？春天是树尖上的呼喊，夏天是呼喊中的细雨，秋天是细雨中的土地，冬天是干净的土地上的一只孤零的烟斗。

因为这园子，我常感恩于自己的命运。

我甚至现在就能清楚地看见，一旦有一天我不得不长久地离开它，我会怎样想念它，我会怎样想念它并且梦见它，我会怎样因为不敢想念它而梦也梦不到它。

四

现在让我想想，十五年中坚持到这园子来的人都是谁呢？好像只剩了我和一对老人。

十五年前，这对老人还只能算是中年夫妇，我则货真价实还是个青年。他们总是在薄暮时分来园中散步，我不大弄得清他们是从哪边的园门进来，一般来说他们是逆时针绕这园子走。男人个子很高，肩宽腿长，走起路来目不斜视，胯以上直至脖颈挺直不动，他的妻子攀了他一条胳膊走，也不能使他的上身稍有松懈。女人个子却矮，也不算漂亮，我无端地相信她必出身于家道中衰的名门富族；她攀在丈夫胳膊上像个娇弱的孩子，她向四周观望似总含着恐惧，她轻声与丈夫谈话，见有人走近就立刻怯怯地收住话头。我有时因为他们而想起冉阿让与珂赛特，但这想法并不巩固，他们一望即知是老夫老妻。两个人的穿着都算得上考究，但由于时代的演进，他们的服饰又可以称为古朴了。他们和我一样，到这园子里来几乎是风雨无阻，不过他们比我守时。我什么时间都可能来，他们则一定是在暮色初临的时候。刮风时他们穿了米色风衣，下雨时他们打了黑色的雨伞，夏天他们的衬衫是白色的裤子是黑色的或米色的，冬天他们的呢子大衣又都是黑色的，想必他们只喜欢这三种颜色。他们逆时针绕这园子一周，然后离去。他们走过我身旁时只有男人的脚步响，女人像是贴在高大的丈夫身上跟着飘移。我相信他们一定对我有印象，但是我们没有说过话，我们互相都没有想要接近的表示。十五年中，他们或许注意到一个小伙子进入了中年，我则看着一对令人羡慕的中年情侣不觉中成了两个老人。

曾有过一个热爱唱歌的小伙子，他也是每天都到这园中来，来唱歌，唱了好多年，后来不见了。他的年纪与我相仿，他多半是早晨来，唱半小时或整整唱一个上午，估计在另外的时间里他还得上班。我们经常在祭坛东侧的小路上相遇，我知道他是到东南角的高墙下去唱歌，他一定猜想我去东北角的树林里做什么。我找到我的地方，抽几口烟，便听见他谨慎地整理歌喉了。他反反复复唱那么几首歌。"文革"没过去的时候，他唱"蓝蓝的天上白云飘，白云下面马儿跑……"，我老也记不住这歌的名字。"文革"后，他唱《货郎与小姐》中那首最为流传的咏叹调。"卖布——卖布嘞，卖布——卖布嘞！"我记得这开头的一句他唱得很有声势，在早晨清澈的空气中，货郎跑遍园中的每一个角落去恭维小姐。"我交了好运气，我交了好运气，我为幸福唱歌曲……"然后他就一遍一遍地唱，不让货郎的激情稍减。依我听来，他的技术不算精到，在关键的地方常出差错，但他的嗓子是相当不坏的，而且唱一个上午也听不出一点疲惫。太阳也不疲惫，把大树的影子缩小成一团，把疏忽大意的蚯蚓晒干在小路上。将近中午，我们又在祭坛东侧相遇，他看一看我，我看一看他，他往北去，我往南去。日子久了，我感到我们都有结识的愿望，但似乎都不知如何开口，于是互相注视一下终又都移开目光擦身而过；这样的次数一多，便更不知如何开口了。终于有一天——一个丝毫没有特点的日子，我们互相点了一下头，他说："你好。"我说："你好。"他说："回去啦？"我说："是，你呢?"他说:"我也该回去了。"我们都放慢脚步(其实我是放慢车速),想再多说几句,但仍然是不知从何说起,这样我们就都走过了对方,又都扭转身子面向对方。他说:"那就再见吧。"我说:"好,再见。"便互相笑笑各走各的路了。但是我们没有再见,那以后,园中再没了他的歌声,我才想到,那天他或许是有意与我道别的,也许他考上了哪家专业的文工团或歌舞团了吧?真希望他如他歌里所唱的那样,交了好运气。

还有一些人,我还能想起一些常到这园子里来的人。有一个老头,算得一个真正的饮者;他在腰间挂一个扁瓷瓶,瓶里当然装满了酒,常来这园中消磨午后的时光。他在园中四处游逛,如果你不注意你会以为园中有好几个这样的老头,等你看过了他卓尔不群的饮酒情状,你就会相信这是个独一无二的老头。他的衣着过分随便,走路的姿态也不慎重,走上五六十米路便选定一处地方,一只脚踏在石凳上或土埂上或树墩上,解下腰间的酒瓶,解酒瓶的当儿眯起眼睛把一百八十度视角内的景物细细看一遭,然后以迅雷不及掩耳之势倒一大口酒入肚,把酒瓶摇一摇再挂向腰间,平心静气地想一会儿什么,便走下一个五六十米去。还有一个捕鸟的汉子,那岁月园中人少,鸟却多,他在西北角的树丛中拉一张网,鸟撞在上面,羽毛戗在网眼里便不能自拔。他单等一种过去很多而现在非常罕见的鸟,其他的鸟撞在网上他就把它们摘下来放掉,他说已经有好多年没等到那种罕见的鸟了,他说他再等一年看看到底还有没有那种鸟,结果他又等了好多年。早晨和傍晚,在这园子里可以看见一个中年女工程师,早晨她从北向南穿过这园子去上班,傍晚她从南向北穿过这园子回家,事实上我并不了解她的职业或者学历,但我以为她必是学理工的知识分子,别样的人很难有她那般的素朴并优雅。当她在园子穿行的时刻,四周的树林也仿佛更加幽静,清淡的日光中竟似有悠远的琴声,比如说是那曲《献给艾丽丝》才好。我没有见过她的丈夫,没有见过那个幸运的男人是什么样子,我想象过却想象不出,后来忽然懂了想象不出才好,那个男人最好不要出现。她走出北门回家去,我竟有点担心,担心她会落入厨房,不过,也许她在厨房里劳作的情景更有另外的美吧,当然不能再是《献给艾丽丝》,是个什么曲子呢?还有一个人,是我的朋友,他是个最有天赋的长跑家,但他被埋没了。他因为在"文革"中出言不慎而坐了几年牢,出来后好不容易找了个拉板车的工作,样样待遇都不能与别人平等,苦闷极了便练习长跑。那时他总来这园子里跑,我用手表为他计时,他每跑一圈向我招一下手,我就记下一个时间。每次他要环绕这园子跑二十圈,大约两万米。他盼望以他的长跑成绩来获得政治上真正的解放,他以为记者的镜头和文字可以帮他做到这一点。第一年他在春节环城赛上跑了第十五名,他看见前十名的照片都挂在了长安街的新闻橱窗里,于是有了信心。第二年他跑了第四名,可是新闻橱窗里只挂了前三名的照片,他没灰心。第三年他跑了第七名,橱窗里挂前六名的照片,他有点怨自己。第四年他跑了第三名，橱窗里却只挂了第一名的照片。第五年他跑了第一名——他几乎绝望了，橱窗里只有一幅环城赛群众场面的照片。那些年我们俩常一起在这园子里待到天黑，开怀痛骂，骂完沉默着回家，分手时再互相叮嘱：先别去死，再试着活一活看。现在他已经不跑了，年岁太大了，跑不了那么快了。最后一次参加环城赛，他以三十八岁之龄又得了第一名并破了纪录，有一位专业队的教练对他说："我要是十年前发现你就好了。"他苦笑一下什么也没说，只在傍晚又来这园中找到我，把这事平静地向我叙说一遍。不见他已有好几年了，现在他和妻子和儿子住在很远的地方。

这些人现在都不到园子里来了，园子里差不多完全换了一批新人。十五年前的旧人，现在就剩我和那对老夫老妻了。有那么一段时间，这老夫老妻中的一个也忽然不来，薄暮时分唯男人独自来散步，步态也明显迟缓了许多，我悬心了很久，怕是那女人出了什么事。幸好过了一个冬天那女人又来了，两个人仍是逆时针绕着园子走，一长一短两个身影恰似钟表的两支指针；女人的头发白了许多，但依旧攀着丈夫的胳膊走得像个孩子。"攀"这个字用得不恰当了，或许可以用"搀"吧，不知有没有兼具这两个意思的字。

五

我也没有忘记一个孩子——一个漂亮而不幸的小姑娘。十五年前的那个下午，我第一次到这园子里来就看见了她，那时她大约三岁，蹲在斋宫西边的小路上捡树上掉落的"小灯笼"。那儿有几棵大栾树，春天开一簇簇细小而稠密的黄花，花落了便结出无数如同三片叶子合抱的小灯笼，小灯笼先是绿色，继而转白，再变黄，成熟了掉落得满地都是。小灯笼精巧得令人爱惜，成年人也不免捡了一个还要捡一个。小姑娘咿咿呀呀地跟自己说着话，一边捡小灯笼。她的嗓音很好，不是她那个年龄所常有的那般尖细，而是很圆润甚或是厚重，也许是因为那个下午园子里太安静了。我奇怪，这么小的孩子怎么一个人跑来这园子里？我问她住在哪儿，她随手指一下，就喊她的哥哥，沿墙根一带的茂草之中便站起一个七八岁的男孩，朝我望望，看我不像坏人便对他的妹妹说："我在这儿呢！"又伏下身去。他在捉什么虫子。他捉到螳螂、蚂蚱、知了和蜻蜓，来取悦他的妹妹。有那么两三年，我经常在那几棵大栾树下见到他们，兄妹俩总是在一起玩，玩得和睦融洽，都渐渐长大了些。之后有很多年没见到他们。我想他们都在学校里吧，小姑娘也到了上学的年龄，必是告别了孩提时光，没有很多机会来这儿玩了。这事很正常，没理由太搁在心上，若不是有一年我又在园中见到他们，肯定就会慢慢把他们忘记。

那是个礼拜日的上午。那是个晴朗而令人心碎的上午，时隔多年，我竟发现那个漂亮的小姑娘原来是个弱智的孩子。我摇着车到那几棵大栾树下去，恰又是遍地落满了小灯笼的季节。当时我正为一篇小说的结尾所苦,既不知为什么要给它那样一个结尾,又不知何以忽然不想让它有那样一个结尾,于是从家里跑出来,想依靠着园中的镇静,看看是否应该把那篇小说放弃。我刚刚把车停下,就见前面不远处有几个人在戏耍一个少女,做出怪样子来吓她,又喊又笑地追逐她拦截她,少女在几棵大树间惊惶地东跑西躲,却不松手揪卷在怀里的裙裾,两条腿袒露着也似毫无察觉。我看出少女的智力是有些缺陷,却还没看出她是谁。我正要驱车上前为少女解围,就见远处飞快地骑车来了个小伙子,于是那几个戏耍少女的家伙望风而逃。小伙子把自行车支在少女近旁,怒目望着那几个四散逃窜的家伙,一声不吭喘着粗气,脸色如暴雨前的天空一样一会儿比一会儿苍白。这时我认出了他们,小伙子和少女就是当年那对小兄妹。我几乎是在心里惊叫了一声,或者是哀号。世上的事常常使上帝的居心变得可疑。小伙子向他的妹妹走去。少女松开了手,裙裾随之垂落了下来,很多很多她捡的小灯笼便撒落了一地,铺散在她脚下。她仍然算得上漂亮,但双眸迟滞没有光彩。她呆呆地望着那群跑散的家伙,望着极目之处的空寂,凭她的智力绝不可能把这个世界想明白吧?大树下,破碎的阳光星星点点,风把遍地的小灯笼吹得滚动,仿佛喑哑地响着无数小铃铛。哥哥把妹妹扶上自行车后座,带着她无言地回家去了。

  无言是对的。要是上帝把漂亮和弱智这两样东西都给了这个小姑娘,就只有无言和回家去是对的。

谁又能把这世界想个明白呢？世上的很多事是不堪说的。你可以抱怨上帝何以要降诸多苦难给这人间，你也可以为消灭种种苦难而奋斗，并为此享有崇高与骄傲，但只要你再多想一步你就会坠入深深的迷茫了：假如世界上没有了苦难，世界还能够存在吗？要是没有愚钝，机智还有什么光荣呢？要是没了丑陋，漂亮又怎么维系自己的幸运？要是没有了恶劣和卑下，善良与高尚又将如何界定自己又如何成为美德呢？要是没有了残疾，健全会否因其司空见惯而变得腻烦和乏味呢？我常梦想着在人间彻底消灭残疾，但可以相信，那时将由患病者代替残疾人去承担同样的苦难。如果能够把疾病也全数消灭，那么这份苦难又将由（比如说）相貌丑陋的人去承担了。就算我们连丑陋、连愚昧和卑鄙和一切我们所不喜欢的事物和行为，也都可以统统消灭掉，所有的人都一样健康、漂亮、聪慧、高尚，结果会怎样呢？怕是人间的剧目就全要收场了，一个失去差别的世界将是一潭死水，是一块没有感觉没有肥力的沙漠。

看来差别永远是要有的。看来就只好接受苦难——人类的全部剧目需要它，存在的本身需要它。看来上帝又一次对了。

于是就有一个最令人绝望的结论等在这里：由谁去充任那些苦难的角色？又由谁去体现这世间的幸福、骄傲和快乐？只好听凭偶然，是没有道理好讲的。

就命运而言，休论公道。

那么，一切不幸命运的救赎之路在哪里呢？

设若智慧或悟性可以引领我们去找到救赎之路，难道所有的人都能够获得这样的智慧和悟性吗？

我常以为是丑女造就了美人。我常以为是愚氓举出了智者。我常以为是懦夫衬照了英雄。我常以为是众生度化了佛祖。

六

设若有一位园神，他一定早已注意到了，这么多年我在这园里坐着，有时候是轻松快乐的，有时候是沉郁苦闷的，有时候优哉游哉，有时候恓惶落寞，有时候平静而且自信，有时候又软弱，又迷茫。其实总共只有三个问题交替着来骚扰我，来陪伴我。第一个是要不要去死，第二个是为什么活，第三个，我干吗要写作。

现在让我看看，它们迄今都是怎样编织在一起的吧。

你说，你看穿了死是一件无须乎着急去做的事，是一件无论怎样耽搁也不会错过的事，便决定活下去试试？是的，至少这是很关键的因素。为什么要活下去试试呢？好像仅仅是因为不甘心，机会难得，不试白不试，腿反正是完了，一切仿佛都要完了，但死神很守信用，试一试不会额外再有什么损失。说不定倒有额外的好处呢，是不是？我说过，这一来我轻松多了，自由多了。为什么要写作呢？"作家"是两个被人看重的字，这谁都知道。为了让那个躲在园子深处坐轮椅的人,有朝一日在别人眼里也稍微有点光彩,在众人眼里也能有个位置,哪怕那时再去死呢,也就多少说得过去了。开始的时候就是这样想,这不用保密,这些现在不用保密了。

我带着本子和笔,到园中找一个最不为人打扰的角落,偷偷地写。那个爱唱歌的小伙子在不远的地方一直唱。要是有人走过来,我就把本子合上,把笔叼在嘴里。我怕写不成反落得尴尬。我很要面子。可是你写成了,而且发表了。人家说我写得还不坏,他们甚至说:"真没想到你写得这么好。"我心说你们没想到的事还多着呢。我确实有整整一宿高兴得没合眼。我很想让那个唱歌的小伙子知道,因为他的歌也毕竟是唱得不错。我告诉我的长跑家朋友的时候,那个中年女工程师正优雅地在园中穿行。长跑家很激动,他说:"好吧,我玩命跑,你玩命写。这一来你中了魔了,整天都在想哪一件事可以写,哪一个人可以让你写成小说。是中了魔了。"我走到哪儿想到哪儿,在人山人海里只寻找小说。要是有一种小说试剂就好了,见人就滴两滴看他是不是一篇小说;要是有一种小说显影液就好了,把它泼满全世界看看都是哪儿有小说。中了魔了,那时我完全是为了写作活着。结果你又发表了几篇,并且出了一点小名,可这时你越来越感到恐慌。我忽然觉得自己活得像个人质,刚刚有点像个人了却又过了头,像个人质,被一个什么阴谋抓了来当人质,不定哪天被处决,不定哪天就完蛋。你担心要不了多久你就会文思枯竭，那样你就又完了。凭什么我总能写出小说来呢？凭什么那些适合做小说的生活素材就总能送到一个截瘫者跟前来呢？人家满世界跑都有枯竭的危险，而我坐在这园子里凭什么可以一篇接一篇地写呢？你又想到死了。我想：见好就收吧。当一名人质实在是太累了，太紧张了，太朝不保夕了。我为写作而活下来，要是写作到底不是我应该干的事，我想：我再活下去是不是太冒傻气了？你这么想着你却还在绞尽脑汁地想写。我好歹又拧出点水来，从一条快要晒干的毛巾上。恐慌日甚一日，随时可能完蛋的感觉比完蛋本身可怕多了，所谓不怕贼偷就怕贼惦记，我想：人不如死了好，不如不出生的好，不如压根儿没有这个世界的好。可你并没有去死。我又想到那是一件不必着急的事。可是不必着急的事并不证明是一件必要拖延的事呀。你总是决定活下来，这说明什么？是的，我还是想活。人为什么活着？因为人想活着，说到底是这么回事，人真正的名字叫作：欲望。可我不怕死，有时候我真的不怕死。有时候——说对了。不怕死和想去死是两回事，有时候不怕死的人是有的，一生下来就不怕死的人是没有的。我有时候倒是怕活。可是怕活不等于不想活呀！可我为什么还想活呢？因为你还想得到点什么，你觉得你还是可以得到点什么的，比如说爱情，比如说价值感之类，人真正的名字叫欲望。这不对吗？我不该得到点什么吗？没说不该。可我为什么活得恐慌，就像个人质？后来你明白了，你明白你错了，活着不是为了写作，而写作是为了活着。你明白了这一点是在一个挺滑稽的时刻。那天你又说你不如死了好，你的一个朋友劝你："你不能死，你还得写呢，还有好多好作品等着你去写呢。"这时候你忽然明白了，你说："只是因为我活着，我才不得不写作。"或者说只是因为你还想活下去，你才不得不写作。是的，这样说过之后我竟然不那么恐慌了。就像你看穿了死之后所得的那份轻松？一个人质报复一场阴谋的最有效的办法是把自己杀死。我看出我得先把我杀死在市场上，那样我就不用参加抢购题材的风潮了。你还写吗？还写。你真的不得不写吗？人都忍不住要为生存找一些牢靠的理由。你不担心你会枯竭了？我不知道，不过我想，活着的问题在死前是完不了的。

这下好了，您不再恐慌了不再是个人质了，您自由了。算了吧你，我怎么可能自由呢？别忘了人真正的名字是：欲望。所以您得知道，消灭恐慌的最有效的办法就是消灭欲望。可是我还知道，消灭人性的最有效的办法也是消灭欲望。那么，是消灭欲望同时也消灭恐慌呢？还是保留欲望同时也保留人性？

我在这园子里坐着，我听见园神告诉我：每一个有激情的演员都难免是一个人质。每一个懂得欣赏的观众都巧妙地粉碎了一场阴谋。每一个乏味的演员都是因为他老以为这戏剧与自己无关。每一个倒霉的观众都是因为他总是坐得离舞台太近了。

我在这园子里坐着，园神成年累月地对我说："孩子，这不是别的，这是你的罪孽和福祉。"

七

要是有些事我没说，地坛，你别以为是我忘了，我什么也没忘，但是有些事只适合收藏。不能说，也不能想，却又不能忘。它们不能变成语言，它们无法变成语言，一旦变成语言就不再是它们了。它们是一片朦胧的温馨与寂寥，是一片成熟的希望与绝望，它们的领地只有两处：心与坟墓。比如说邮票，有些是用于寄信的，有些仅仅是为了收藏。

如今我摇着车在这园子里慢慢走，常常有一种感觉，觉得我一个人跑出来已经玩得太久了。有一天我整理我的旧相册，看见一张十几年前我在这园子里照的照片——那个年轻人坐在轮椅上，背后是一棵老柏树，再远处就是那座古祭坛。我便到园子里去找那棵树。我按着照片上的背景找很快就找到了它，按着照片上它枝干的形状找，肯定那就是它。但是它已经死了，而且在它身上缠绕着一条碗口粗的藤萝。我当然记得园工们种那条藤萝时的情景，我却不记得是在什么时候它已经长到了碗口粗。有一天我在这园子里碰见一个老太太，她说："哟，你还在这儿哪？"她问我："你母亲还好吗？""您是谁？""你不记得我，我可记得你。有一回你母亲来这儿找你，她问我您看没看见一个摇轮椅的孩子？……"我忽然觉得，我一个人跑到这世界上来玩真是玩得太久了。有一天夜晚，我独自坐在祭坛边的路灯下看书,忽然从那漆黑的祭坛里传出一阵阵唢呐声。四周都是参天古树,方形祭坛占地几百平方米空旷坦荡独对苍天,我看不见那个吹唢呐的人,唯唢呐声在星光寥寥的夜空里低吟高唱,时而悲怆时而欢快,时而缠绵时而苍凉,或许这几个词都不足以形容它,我清清醒醒地听出它响在过去,响在现在,响在未来,回旋飘转亘古不散。

必有一天,我会听见喊我回去。

那时您可以想象一个孩子,他玩累了可他还没玩够呢,心里好些新奇的念头甚至等不及到明天。也可以想象是一个老人,无可置疑地走向他的安息地,走得任劳任怨。还可以想象一对热恋中的情人,互相一次次说"我一刻也不想离开你",又互相一次次说"时间已经不早了",时间不早了可我一刻也不想离开你,一刻也不想离开你可时间毕竟是不早了。

我说不好我想不想回去。我说不好是想还是不想,还是无所谓。我说不好我是像那个孩子,还是像那个老人,还是像一个热恋中的情人。很可能是这样:我同时是他们三个。我来的时候是个孩子,他有那么多孩子气的念头所以才哭着喊着闹着要来,他一来一见到这个世界便立刻成了不要命的情人,而对一个情人来说,不管多么漫长的时光也是稍纵即逝,那时他便明白,每一步每一步,其实一步步都是走在回去的路上。当牵牛花初开的时节,葬礼的号角就已吹响。

但是太阳——它每时每刻都是夕阳也都是旭日。当它熄灭着走下山去收尽苍凉残照之际,正是它在另一面燃烧着爬上山巅布散烈烈朝晖之时。那一天,我也将沉静着走下山去,扶着我的拐杖。有一天,在某一处山洼里,势必会跑上来一个欢蹦的孩子,抱着他的玩具。

当然,那不是我。

但是,那不是我吗?

宇宙以其不息的欲望将一个歌舞炼为永恒。这欲望有怎样一个人间的姓名,大可忽略不计。

一九八九年五月十一日
一九九〇年一月七日改

© 中南博集天卷文化传媒有限公司。本书版权受法律保护。未经权利人许可，任何人不得以任何方式使用本书包括正文、插图、封面、版式等任何部分内容，违者将受到法律制裁。

图书在版编目（CIP）数据

到明朗处去生活 / 史铁生等著 . -- 长沙：湖南文艺出版社，2024.11. --ISBN 978-7-5726-2090-4

Ⅰ. I267

中国国家版本馆 CIP 数据核字第 2024RK1069 号

上架建议：畅销·文学

DAO MINGLANG CHU QU SHENGHUO
到明朗处去生活

著　　　者：史铁生　等
出　版　人：陈新文
责任编辑：匡杨乐
出　品　方：好读文化
出　品　人：姚常伟
监　　　制：毛闽峰
策划编辑：罗　元　牛　雪
特约策划：张若琳
文案编辑：高晓菲
营销编辑：刘　珣　焦亚楠
封面设计：陈绮清
版式设计：鸣阅空间
出　　　版：湖南文艺出版社
　　　　　（长沙市雨花区东二环一段 508 号　邮编：410014）
网　　　址：www.hnwy.net
印　　　刷：北京美图印务有限公司
经　　　销：新华书店
开　　　本：875 mm × 1230 mm　1/32
字　　　数：179 千字
印　　　张：8.75
版　　　次：2024 年 11 月第 1 版
印　　　次：2024 年 11 月第 1 次印刷
书　　　号：ISBN 978-7-5726-2090-4
定　　　价：49.50 元

若有质量问题，请致电质量监督电话：010-59096394
团购电话：010-59320018